マリー・アントワネットと名《めい》探《たん》偵《てい》！

タイムスリップ探偵団《たんていだん》　眠《ねむ》らない街《まち》パリへ

楠《くすの》木《き》誠《せい》一《いち》郎《ろう》／作　たはらひとえ／絵

講談社 青い鳥文庫

もくじ

がいせんもん
ルーブル美《び》術《じゅつ》館《かん》

登《とう》場《じょう》人《じん》物《ぶつ》紹《しょう》介《かい》

レオン

マリーのお付《つ》きで彼《かの》女《じょ》を追跡《ついせき》している。

マリー・アントワネット

フランスの王太子妃《おうたいしひ》。オーストリアから嫁《とつ》いできた。夫《おっと》は王《おう》太子《たいし》ルイ・オーギュスト（のちの国王《こくおう》ルイ十六世《せい》）。

フェルディナン

マリーがパリで出会《であ》った靴職人《くつしょくにん》の青年《せいねん》。

堀《ほっ》田《た》亮《りょう》平《へい》

大食《おおぐ》いならまかせといて！ の中学《ちゅうがく》1年生《ねんせい》。時代《じだい》劇《げき》ファン。

遠《とお》山《やま》香《かお》里《り》

勉強《べんきょう》もスポーツも、なんでもできるしっかり者《もの》の中学《ちゅうがく》1年生《ねんせい》。

氷《ひ》室《むろ》拓《たく》哉《や》

スポーツは得意《とくい》だけど、勉強《べんきょう》は得意《とくい》じゃない中学《ちゅうがく》1年生《ねんせい》。映画《えいが》が大好《だいす》き。

上《かみ》岡《おか》蓮《れん》太《た》郎《ろう》

上野《うえの》の歴史《れきし》風俗《ふうぞく》博物館《はくぶつかん》の中《なか》にある「上岡写真館《かみおかしゃしんかん》」オーナー兼《けん》カメラマン。じつはタイムトリッパー。

高《たか》野《の》 護《まもる》

「名曲喫茶《めいきょくきっさ》ガロ」のマスター。上岡《かみおか》さんとはカメラ同好会《どうこうかい》の仲間《なかま》。

野《の》々《の》宮《みや》麻《あさ》美《み》

タイムトリップをくりかえしていた女子大生《じょしだいせい》。香《かお》里《り》たち3人《にん》のお姉《ねえ》さん的《てき》存在《そんざい》。

はじめに

香里《かおり》・拓哉《たくや》・亮平《りょうへい》は幼《おさな》なじみの同級生《どうきゅうせい》。小学《しょうがく》6年生《ねんせい》の夏《なつ》のこと。3人《にん》は偶然《ぐうぜん》、明《めい》治時代《じじだい》へとタイムスリップ！ それ以来《いらい》、3人《にん》は何度《なんど》も思《おも》いがけずに過去《かこ》にタイムスリップしては、歴史上《れきしじょう》の人物《じんぶつ》に出会《であ》い、いっしょに謎《なぞ》を解《と》いてきた。さて、今回《こんかい》のタイムスリップは!?

タイム

香里《かおり》の愛犬《あいけん》。じつは……？

マリー・アントワネット

Marie-Antoinette-Josèphe-Jeanne de
Habsbourg-Lorraine d’Autriche
1755.11.2–1793.10.16

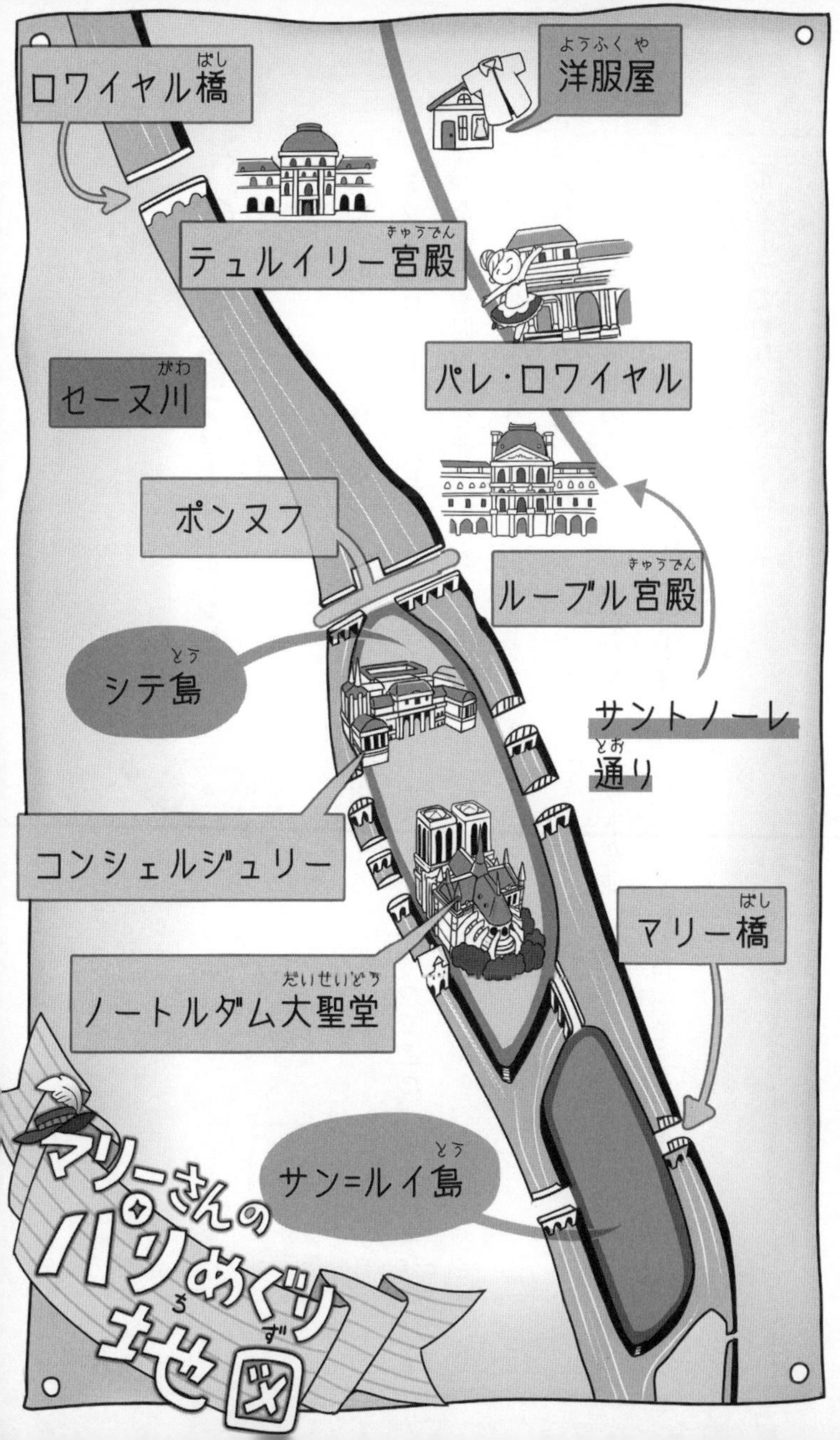
ロワイヤル橋《ばし》
洋服屋《ようふくや》
テュルイリー宮殿《きゅうでん》
パレ・ロワイヤル
セーヌ川《がわ》
ポンヌフ
ルーブル宮殿《きゅうでん》
シテ島《とう》
サントノーレ
通《とお》り
コンシェルジュリー
マリー橋《ばし》
ノートルダム大聖堂《だいせいどう》
サン=ルイ島《とう》
マリーさんのパリめぐり地《ち》図《ず》

①上《うえ》野《の》公《こう》園《えん》フリーマーケット

「ねえ、拓《た》っくん、亮平《りょうへい》くん、ふたりは、なにを出品《しゅっぴん》するの？」

ダッフルコートを着《き》たわたし——遠山香里《とおやまかおり》——は、家《いえ》から持《も》ってきた、もう読《よ》まなくなった絵本《えほん》や児童書《じどうしょ》を並《なら》べながら、きいた。

三月《がつ》はじめだというのに、朝《あさ》のせいか、吐《は》く息《いき》が白《しろ》い。

「おれは、使《つか》わなくなったゲーム。」

ダウンジャケットの背中《せなか》を丸《まる》めながらゲームソフトを並《なら》べている氷室拓哉《ひむろたくや》くんにつづいて、ジャンパーがぱんぱんで、はちきれそうな堀田亮平《ほったりょうへい》くんが自慢《じまん》そうにいう。

「おれは、えっへん、自分《じぶん》で作《つく》ったルアー。」

「ルアーって釣《つ》りで使《つか》うやつ？」

わたしはきいた。

「そう。疑似餌《ぎじえ》だよ。」

亮平《りょうへい》くんが並《なら》べているルアーを見《み》て、拓《た》っくんが吹《ふ》き出《だ》した。

「なんだ、へんなかたちだな。なんでアルファベット形《がた》なんだよ。」

「小学校《しょうがっこう》でも英語《えいご》を教《おし》えてるから、小学生《しょうがくせい》にも親《した》しみをもってもらえるといいなと思《おも》って。それにオリジナリティーあると思《おも》って。」

「オリジナリティーすぎるだろ。わははは。」

「まあ、はじめてから、たいへんだって後悔《こうかい》したけどね。」

いま、わたしたちは歴史風俗博物館前《れきしふうぞくはくぶつかんまえ》の広場《ひろば》にいる。

ここは、地域活性化《ちいきかっせいか》のために開《ひら》かれることになった、第《だい》一回上野公園《かいうえのこうえん》フリーマーケットの会場《かいじょう》になっているのだ。

参加申《さんかもう》し込《こ》み多数《たすう》で抽選《ちゅうせん》になったけど、わたしは運《うん》よく当選《とうせん》したのだ。いっしょに出品《しゅっぴん》していいのは三人《にん》まで。だから拓《た》っくんと亮平《りょうへい》くんにも声《こえ》をかけたというわけ。

亮平《りょうへい》くんの作《つく》ったルアーをながめながら、ゲームソフトを並《なら》べている拓《た》っくんがいう。

ゲーム
ソフト
アルファベット
ルアー

「お金《かね》がもらえたら、新《あたら》しいゲームソフト買《か》えたかもしれないのになあ。」

「いえてる、いえてる。おれも、いつも小遣《こづか》いが足《た》りないからなあ。」

亮平《りょうへい》くんもうなずく。

第《だい》一回上野《かいうえの》公園《こうえん》フリーマーケットのHP《ホームページ》には、こう書《か》かれていた。


このフリーマーケットでは、お金《かね》のやりとりはできません。

買《か》う人《ひと》＝会場《かいじょう》入《い》り口《ぐち》でフリーマーケット専用金券《せんようきんけん》をお求《もと》めのうえ、各《かく》ブースでお支払《しはら》いください。

売《う》る人《ひと》＝受《う》け取《と》った金券《きんけん》を、会場《かいじょう》出口《でぐち》で売《う》り上《あ》げ金額《きんがく》に応《おう》じた博物館共通無料《はくぶつかんきょうつうむりょう》パス回数券《かいすうけん》と交換《こうかん》してください。

なお、買《か》う人《ひと》が金券《きんけん》のために支払《しはら》ったお金《かね》は、上野動物園《うえのどうぶつえん》のジャイアントパンダのために使《つか》われます。

「まあ、フリーマーケットだからお金《かね》が欲《ほ》しいのはわかるけど。いちおう、ここ東京都《とうきょうと》の施設《しせつ》だし。」

「香里《かおり》ちゃんとちがって、おれたち、お小遣《こづか》い少《すく》ないし。なあ、亮平《りょうへい》。」

「んだ、んだ。」

「でも、最終的《さいしゅうてき》にパンダのためになるならいいじゃないの。あの赤《あか》ちゃんパンダ、かわいいし。」

最近《さいきん》、上野動物園《うえのどうぶつえん》でパンダの赤《あか》ん坊《ぼう》が生《う》まれたので、連日《れんじつ》、長《なが》い行列《ぎょうれつ》ができているのだ。

向《む》かい側《がわ》で、わたしたちが出品物《しゅっぴんぶつ》を並《なら》べているのを見《み》ていたタイムが鼻《はな》をうごめかせてから顔《かお》をあげた。

タイムは、わたしたちがタイムスリップした先《さき》の平安時代《へいあんじだい》からついてきたわんこ。左目《ひだりめ》のまわりが、なぐられたボクサーみたいに円《まる》く黒《くろ》い。

うしろから声《こえ》が聞《き》こえた。

――「博物館共通無料パス回数券《はくぶつかんきょうつうむりょうかいすうけん》は、ふつうは手《て》に入《はい》らない貴重品《きちょうひん》なんだよ。」

振《ふ》り返《かえ》ると、厚手《あつで》のジャケットを着《き》こんだ、おしゃれなおじさんが立《た》っていた。

上野《うえの》の歴史風俗博物館内《れきしふうぞくはくぶつかんない》にある「上岡写真館《かみおかしゃしんかん》」のオーナー兼《けん》カメラマン上岡蓮太郎《かみおかれんたろう》さんだ。

「たしかに貴重品《きちょうひん》かもしれませんけど……。」

口《くち》をとがらす拓《た》っくんに、上岡《かみおか》さんがいう。

「君《きみ》たちにお金《かね》を持《も》たせたら無駄遣《むだづか》いしちゃうからね。」

「うっ……。」

拓《た》っくんが言葉《ことば》を詰《つ》まらせる。となりでは亮平《りょうへい》くんが視線《しせん》をそらし、目《め》をしばたたかせている。

拓《た》っくんと亮平《りょうへい》くんの肩《かた》をたたきながら、上岡《かみおか》さんがいう。

「抽選《ちゅうせん》にはずれたわたしのぶんも売《う》ってくれよ。」

わたしは、上岡《かみおか》さんにきいた。

「上岡《かみおか》さんは、なにを売《う》るつもりだったんですか?」

「レンタル衣装《いしょう》で、だぶついているものだよ。」

いつ時界《じかい》を移動《いどう》するかわからない、わたしたちのようなタイムスリッパーとちがって、時界移動装置《タイムスコープ》を持《も》っている上岡《かみおか》さんはタイムトリッパー。

上岡《かみおか》さんは、自身《じしん》やわたしたちが過去《かこ》にトリップしたりタイムスリップしたりした先《さき》から持《も》ち帰《かえ》った着衣《ちゃくい》を、写真館《しゃしんかん》の着《き》せ替《か》え衣装《いしょう》に使《つか》っているのだ。

その上岡《かみおか》さんがいう。

「ま、邪魔《じゃま》しちゃ悪《わる》いから、わたしは写真館《しゃしんかん》にもどるよ。寒《さむ》いけど、がんばってね。」

上岡《かみおか》さんは、バイバイしながら、歴史風俗博物館《れきしふうぞくはくぶつかん》のなかに入《はい》っていった。

午前十時《ごぜんじ》ちょうど、フリーマーケットがいっせいにスタートした。

出入《でい》り口《ぐち》に張《は》られていた進入禁止《しんにゅうきんし》のテープがはずされ、お客《きゃく》さんがいっせいに動《うご》きはじめた。

フリーマーケットのことは、新聞《しんぶん》などで報道《ほうどう》されていたから、お客《きゃく》さんがおおぜいいる。そうでなくても、日曜日《にちようび》の上野公園《うえのこうえん》なのだ。

人《ひと》だかりがしているほうを見《み》るとテレビクルーもいて、取材《しゅざい》してまわっている。

それまで、やる気《き》がイマイチっぽかった拓《た》っくんがはりきりはじめた。

「さあ、売《う》るぞ！　な、亮平《りょうへい》！」

「拓哉《たくや》、そんなにテレビに映《うつ》りたいのかぁ？　ミーハーだなあ。」

「いいじゃん。」

わたしたちがいる、歴史風俗博物館前《れきしふうぞくはくぶつかんまえ》は奥《おく》まっているので、はじまって少《すこ》ししてからお客《きゃく》さんがやってきた。

お客《きゃく》さんたちが近《ちか》づいてきたので、わたしは呼《よ》び込《こ》みをはじめた。

「いらっしゃいませ！　いらっしゃいませ！　ここは、子《こ》ども向《む》けの本《ほん》、ゲームソフト、手作《てづく》りの釣《つ》りのルアーを売《う》ってます！」

三十代半《だいなか》ばくらいの女《おんな》の人《ひと》が、小学校低学年《しょうがっこうていがくねん》くらいの丸顔《まるがお》で赤《あか》い眼鏡《めがね》をかけた女《おんな》の子《こ》を連《つ》れて近《ちか》づいてきた。女《おんな》の子《こ》は、すぐに、わたしが並《なら》べた本《ほん》に釘付《くぎづ》けになった。

女《おんな》の子《こ》は、わたしが小学校低学年《しょうがっこうていがくねん》のころに読《よ》んでいた本《ほん》を見《み》てから、おかあさんの顔《かお》を見上《みあ》げた。

わたしは、女《おんな》の子《こ》に声《こえ》をかけた。

おかあさんは、なにもいわず、微笑《ほほえ》みながら、うなずいた。

「これ、ものすごくおもしろかったよ。あなたに見《み》つけてもらって、本《ほん》もよろこんでる。」

女《おんな》の子《こ》が、こくりとうなずく。

金券《きんけん》と交換《こうかん》にわたしは本《ほん》を渡《わた》した。

女《おんな》の子《こ》は、受《う》け取《と》った本《ほん》を両手《りょうて》でぎゅっと抱《だ》きしめるとにっこり。

母親《ははおや》が一礼《いちれい》し、女《おんな》の子《こ》といっしょにほかの売《う》り場《ば》に移動《いどう》していった。

次《つぎ》には、お父《とう》さんといっしょに来《き》た、小学校高学年《しょうがっこうこうがくねん》くらいの男《おとこ》の子《こ》が、拓《た》っくんが出品《しゅっぴん》したゲームソフトからひとつ選《えら》んで買《か》ってくれた。

そのあとも、お客《きゃく》さんは、どんどんやってきた。

でも……。

亮平《りょうへい》くんがつぶやく。

「おれのルアー、ぜんぜん売《う》れないなあ。おれは香里《かおり》ちゃんや拓哉《たくや》みたいに売《う》るものないから、ここ何日《なんにち》か、ゲームもやらないで、アルファベットのルアー作《つく》ってたのになあ。二十六個《こ》も。」

「お店《みせ》は？」

わたしはきいた。

「足《あし》をねんざした父《とう》ちゃん、まだ完治《かんち》してなくて、店《みせ》も手伝《てつだ》ってたんだぜ。」

「そういえば『堀田食堂《ほったしょくどう》』、ちゃんと営業《えいぎょう》してたよな。」

拓《た》っくんが思《おも》い出《だ》しながら、いった。

「おれんちは『レストラン堀田《ほった》』。」

「そうだっけ。」

「そ、う、だ。――それに、今日《きょう》、出《で》かけるとき、父《とう》ちゃんにいわれたんだ。」

「なんて？」

わたしはきいた。

「『おまえが一生懸命《いっしょうけんめい》ルアーを作《つく》っていたことは知《し》ってる。だから、ちゃんと売《う》ってこい。』って。でも母《かあ》ちゃんにいわれた。『お父《とう》ちゃんは厨房《ちゅうぼう》に立《た》ってるけど、ちゃんと動《うご》けない。だから、帰《かえ》ったら、店《みせ》を手伝《てつだ》って。』って。」

拓《た》っくんが、亮平《りょうへい》くんの肩《かた》をたたく。

「じゃあ、がんばって売《う》らないとな。」

「でも、なんで売《う》れないかなあ。そろそろ帰《かえ》らないといけない時間《じかん》なんだけどなあ。」

亮平《りょうへい》くんがぼやくので、わたしはいった。

「フリマに来《こ》ようって人《ひと》の、読書人口《どくしょじんこう》、ゲーム人口《じんこう》、釣《つ》り人口《じんこう》を比較《ひかく》したら、わかりそうなものじゃない？」

「うっ……。」

亮平《りょうへい》くんは言葉《ことば》を詰《つ》まらせてから、ため息《いき》をついた。

「あっ、そっか。釣《つ》りする人《ひと》は、休日《きゅうじつ》のいまごろ海《うみ》か川《かわ》に出《で》かけてるか。そうだよね、忘《わす》れてた。あはは。でも、おれ、ぜんぶ売《う》るまで帰《かえ》らない。」

「お店《みせ》のお手伝《てつだ》いはいいの？」

わたしがきくと、亮平《りょうへい》くんはそっぽを向《む》いてしまった。

なんだか意固地《いこじ》になっているみたい。

そのとき、「ウウウ。」というタイムのうなる声《こえ》がした。

――「なに、この、ヘンなもの。」

――「いつまでねばっても、売《う》れないものは売《う》れないわよね。」

――「わたしたちのものを売《う》ったほうがいいわよねえ。」

声《こえ》がしたほうを見《み》ると、おそろいの服《ふく》を着《き》た女子高生《じょしこうせい》（だと思《おも》う。）三人《にん》が、わたしたちのブースの前《まえ》に立《た》っていた。双子《ふたご》コーデっていうの？　三人《にん》だけど。

正面《しょうめん》に立《た》っている女子高生《じょしこうせい》は両手《りょうて》にいっぱい古着《ふるぎ》を抱《かか》え、向《む》かって右《みぎ》の女子高生《じょしこうせい》はお手《て》製《せい》っぽいアクセサリーを手首《てくび》や指《ゆび》にひっかけ、向《む》かって左《ひだり》の女子高生《じょしこうせい》は化粧道具《けしょうどうぐ》やメイク用品《ようひん》が入《はい》ったビニール袋《ぶくろ》を両手《りょうて》で抱《かか》えていた。

抽選《ちゅうせん》にはずれたのに、出品《しゅっぴん》したいものを持《も》ってきたのだ。

真《ま》ん中《なか》に立《た》っている女子高生《じょしこうせい》が、わたしたちをにらみつけながら、いう。

「売《う》れないものを、いつまでも売《う》ってないの！　帰《かえ》りなさいよ！」

わたしは立《た》ち上《あ》がって主張《しゅちょう》した。

「ここはわたしたちが抽選《ちゅうせん》であてたブースです。まだ売《う》ってるんです！」

「いいから、どきなさいよ！」

「もし出品《しゅっぴん》したいなら、ちゃんと手続《てつづ》きをふんでください。」

「ワン！」

タイムも吠《ほ》える。

拓《た》っくんと亮平《りょうへい》くんも立《た》ち上《あ》がった。

いきなり女子高生《じょしこうせい》三人《にん》が、ブースにずかずかと入《はい》ってきた。

正面《しょうめん》の女子高生《じょしこうせい》が大声《おおごえ》を出《だ》す。

「ほらほら、どきなさいよ！」

わたしはさえぎるように、いった。

「ちょ、ちょっと困《こま》ります。」

わたしと古着《ふるぎ》の女子高生《じょしこうせい》、つづいて、拓《た》っくんとアクセサリーの女子高生《じょしこうせい》、亮平《りょうへい》くんと化粧道具《けしょうどうぐ》の女子高生《じょしこうせい》がつかみ合《あ》いをはじめた。

三人《にん》とも、いつのまにか出品《しゅっぴん》したいものを地面《じめん》に置《お》いていた。

──「こらこら、ほかの人《ひと》の迷惑《めいわく》になるよ。やめなさい。」

上岡《かみおか》さんの声《こえ》が聞《き》こえてきた。

いちど写真館《しゃしんかん》にもどっていたけど、また顔《かお》を出《だ》してくれたらしい。

「うわっ！」

亮平《りょうへい》くんの声《こえ》がした。

亮平《りょうへい》くんがつかみ合《あ》っている女子高生《じょしこうせい》が、ルアーを蹴飛《けと》ばすところだった。「M《エム》」形《がた》と「A《エー》」形《がた》のルアーが宙《ちゅう》を舞《ま》い、わたしたちの眼前《がんぜん》に迫《せま》ってきた。

タイムがわたしにしがみついてきた。

目《め》の前《まえ》が真《ま》っ白《しろ》になった。

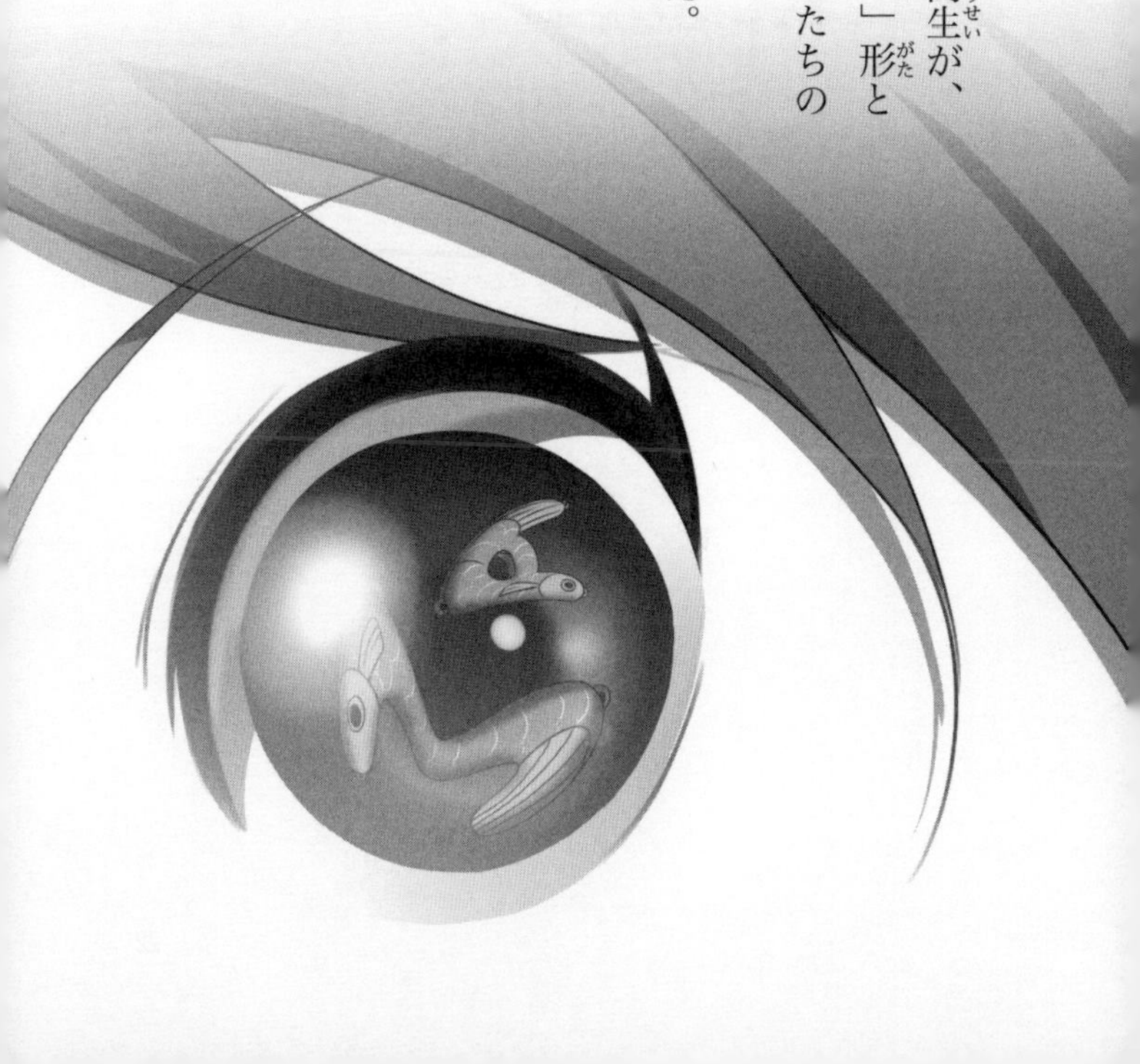

② 夜《よる》の森《もり》を駆《か》け抜《ぬ》けろ

暗《くら》いなか、目《め》の前《まえ》に、なにかが迫《せま》っている。

二頭並《とうなら》んだ白《しろ》い馬《うま》……そのうしろに黒《くろ》い車《くるま》？

車体《しゃたい》についたランプの光《ひかり》が揺《ゆ》れている。

二頭立《とうだ》ての馬車《ばしゃ》だ！

でも、このままじゃ、わたし、轢《ひ》かれちゃう！

地面《じめん》にうずくまったまま、わたしは目《め》をつぶった。

ヒヒーン！　ヒヒーン！

馬《うま》のいななきが聞《き》こえ、地面《じめん》をたたくひづめの音《おと》がつづいた。

……あれ？　轢《ひ》かれてない。

わたしは、そっと目《め》を開《あ》けた。

夜《よる》の……？

あたりをうかがう。

……森《もり》？

薄《うす》い月明《つきあ》かりのなか、細《ほそ》い田舎道《いなかみち》の左右《さゆう》に、たくさんの樹木《じゅもく》の影《かげ》が見《み》える。人《ひと》が歩《ある》いている気配《けはい》もない。

ひんやりするけど、ダッフルコートのおかげで、そんなに寒《さむ》くは感《かん》じない。

「クゥ〜ン……。」

わたしの腕《うで》のなかで、タイムが鳴《な》く。

「ごめんね、すぐに気《き》づいてあげられなくて。」

背後《はいご》から声《こえ》がした。

――「ここ、どこだ。亮平《りょうへい》、わかるか。」

――「わからないよ。でも、またまたまたまたタイムスリップしたことだけは、たしかだね。」

――「おまえのルアーのせいだぞ。」

――「あの女子高生《じょしこうせい》たちのせいだよ。」

わたしは、目《め》の前《まえ》の馬車《ばしゃ》を見上《みあ》げたまま、ふたりにいった。

「そんなことより！　いま、わたしたち、馬車《ばしゃ》に轢《ひ》かれかけたのよ！」

拓哉《たくや》の豆知識《まめちしき》

馬車《ばしゃ》

馬車《ばしゃ》の歴史《れきし》は古《ふる》くて、古代《こだい》メソポタミアで戦車《せんしゃ》にされたのがはじまりらしいよ。一般《いっぱん》の交通機関《こうつうきかん》になったのは中世《ちゅうせい》ヨーロッパで、十五世紀《せいき》ごろに屋根付《やねつ》きの馬車《ばしゃ》があらわれて、十六世紀後半《せいきこうはん》には大型馬車《おおがたばしゃ》も登場《とうじょう》したらしいよ。

馬車《ばしゃ》に乗《の》って二頭《とう》の馬《うま》の手綱《たづな》をにぎっている御者《ぎょしゃ》が、わたしたちに声《こえ》をかけてくる。

「急《きゅう》に飛《と》び出《だ》してきたりしたらあぶないじゃないか！」

少《すこ》しずつ、暗《くら》さに目《め》が慣《な》れてきた。

声《こえ》をかけてきた御者《ぎょしゃ》は小柄《こがら》で、顔《かお》がしわしわな初老《しょろう》の男性《だんせい》。とても日本人《にほんじん》には見《み》えなかった。御者《ぎょしゃ》といい、馬車《ばしゃ》といい、なんとなくだけど、ここは日本《にっぽん》じゃないみたい。

わたしは「こんばんは。」といってから、左手首《ひだりてくび》にはめている腕時計型同時通訳装置《うでどけいがたどうじつうやくそうち》をはずした。

黒《くろ》い樹脂製《じゅしせい》で、本体《ほんたい》と同《おな》じ黒《くろ》の文字盤《もじばん》に、蛍光塗料《けいこうとりょう》が塗《ぬ》られた長針《ちょうしん》と短針《たんしん》がついたアナログ時計《どけい》だ。かたちはG《ジー》-SHOCK《ショック》に似《に》てる。

上岡《かみおか》さんが未来《みらい》で買《か》って、わたしたちにプレゼントしてくれたものだ。

御者《ぎょしゃ》が挨拶《あいさつ》を返《かえ》してきた。

英語《えいご》には聞《き》こえなかった。なんていうか、鼻《はな》にかかったかんじの発音《はつおん》だ。

わたしが首《くび》をかしげていると、御者《ぎょしゃ》がまた挨拶《あいさつ》を返《かえ》してきた。耳《みみ》をすましていたので、こんどは、ちゃんと聞《き》こえた。

「Bonsoir《ボンソワール》.」

フランス語《ご》の「こんばんは」だ。

わたしは、もういちど腕時計型同時通訳装置《うでどけいがたどうじつうやくそうち》をはめなおしながら、拓《た》っくんと亮平《りょうへい》くんに小声《こごえ》でいった。

「ここ、過去《かこ》のフランスよ。」

――「いつだ、亮平《りょうへい》。」

――「わかりっこないよ。でもさ、あの御者《ぎょしゃ》が着《き》てるのは、なんとなくだけどナポレオンさんの時代《じだい》っぽい。」

たしかに、そうかも。

そのとき――。

ふいに、一頭《とう》の黒《くろ》い馬《うま》に乗《の》った人《ひと》が姿《すがた》をあらわした。

馬車《ばしゃ》だけじゃなかったんだ……。

だれだろう。四十代《だい》くらいかな。でもスポーツマンっぽいかんじで、目《め》つきが鋭《するど》い。細《ほそ》面《おもて》で、鼻《はな》が高《たか》くとがってて、唇《くちびる》が薄《うす》い。イケメンの部類《ぶるい》だけど、どちらかというと怖《こわ》いかんじ。

ナポレオンさんがかぶっていたような二角帽《にかくぼう》、黒《くろ》い上着《うわぎ》に、すそのすぼまった黒《くろ》いズボン、ブーツ。腰《こし》には剣《けん》らしきものを差《さ》している。

その男《おとこ》の人《ひと》が、御者《ぎょしゃ》に声《こえ》をかける。

「どうした。」

「へい、レオンさま。急《きゅう》に子《こ》どもたちが飛《と》び出《だ》してきちまいまして。」

「早《はや》くどかせろ。」

――「レオン、馬車《ばしゃ》から出《だ》してちょうだい。」

女《おんな》の人《ひと》の声《こえ》が聞《き》こえた。

でもレオンという人《ひと》は無視《むし》しているかんじ。

――「出《だ》して。」

――「かしこまりました。」

「レオン」と呼《よ》ばれた男《おとこ》の人《ひと》は、「かしこまりました。」といったあと、馬車《ばしゃ》のなかにいる女《おんな》の人《ひと》に聞《き》こえないくらい、かすかに舌打《したう》ちをした。

レオンさんは、馬《うま》からおり、近《ちか》くの木《き》の幹《みき》に手綱《たづな》を結《むす》ぶと、馬車《ばしゃ》のドアを開《あ》け、手《て》をさしのべた。

馬車《ばしゃ》のなかから、黒《くろ》いレースの手袋《てぶくろ》をした細《ほそ》い指《ゆび》が出《で》てきた。

レオンさんがその手《て》を取《と》る。

女《おんな》の人《ひと》の上半身《じょうはんしん》が出《で》てきた。そして馬車《ばしゃ》に備《そな》わっている金属《きんぞく》の踏《ふ》み台《だい》にいちど足先《あしさき》を置《お》いてから、優雅《ゆうが》に地面《じめん》に降《お》り立《た》った。

羽《はね》のついた黒《くろ》い大《おお》きな帽子《ぼうし》、えりぐりが大《おお》きく開《ひら》いた黒《くろ》い光沢《こうたく》のあるドレスを着《き》た女《おんな》の人《ひと》がしゃらりしゃらりと歩《ある》いてくる。

わたし、拓《たく》っくん、亮平《りょうへい》くんは、立《た》ち上《あ》がると、お尻《しり》や足《あし》についた土《つち》ぼこりを払《はら》った。

女《おんな》の人《ひと》のうしろから、レオンさんがささやくような声《こえ》でいった内容《ないよう》がもれ聞《き》こえてきた。

「……マダム……お忍《しの》びの途中《とちゅう》ですぞ。……そんな身分《みぶん》の低《ひく》い子《こ》に近《ちか》づかれますな……。」

身分《みぶん》の低《ひく》い子《こ》で悪《わる》かったわね。聞《き》こえちゃったんだから。

女《おんな》の人《ひと》が言葉《ことば》を返《かえ》す。

「かまわないじゃない？」

わたしは、近《ちか》づいてくる女《おんな》の人《ひと》をまっすぐに見《み》た。

細身《ほそみ》、金髪《きんぱつ》、透《す》きとおるように白《しろ》い肌《はだ》。その顔立《かおだ》ちはというと、少《すこ》しだけ垂《た》れ目《め》、鼻筋《はなすじ》が通《とお》っていて、唇《くちびる》はきゅっと締《し》まってる。絶世《ぜっせい》の美女《びじょ》ではないかもしれないけど、きれい。そして、かわいくもある。年齢《ねんれい》は……十代後半《だいこうはん》くらい？

さらにレオンさんがいう。

「まがりなりにも、王太子妃《おうたいしひ》なのですぞ。」

「わたくしが、かまわない、っていってるでしょ。」

えっ!?　王太子妃《おうたいしひ》!?　王太子妃《おうたいしひ》って、次期国王《じきこくおう》のお嫁《よめ》さんってことよね？　この人《ひと》、だれなんだろう。

わたしたち三人《にん》は、女《おんな》の人《ひと》にお辞儀《じぎ》した。タイムもおすわりしたままお辞儀《じぎ》する。

すると女《おんな》の人《ひと》は、わたしたちを見下《みお》ろしたまま、お辞儀《じぎ》した。

女《おんな》の人《ひと》は、わたしたちが着《き》ている服《ふく》を、吟味《ぎんみ》するように、じっとながめてくる。

「変《か》わった服《ふく》ね。でも、すてきだわ。」

女《おんな》の人《ひと》は、わたしたちのほうに近《ちか》づいてきた。

えっ⁉　王太子妃《おうたいしひ》だよ！　王太子妃《おうたいしひ》が近《ちか》づいてきてるんだよ！

すごく、ドキドキした。

かすかに香水《こうすい》の匂《にお》いが漂《ただよ》ってきた。

女《おんな》の人《ひと》は、わたしのすぐ前《まえ》まで来《く》ると、腰《こし》を折《お》った。わたしに顔《かお》を近《ちか》づけるなり、ささやくような声《こえ》でいった。

「わたくしが合図《あいず》をしたら、いっしょに走《はし》って。いい？」

「は、はい……。」

そう返事《へんじ》をするしかなかった。

女《おんな》の人《ひと》は、肩越《かたご》しに振《ふ》り返《かえ》るとレオンさんに声《こえ》をかけた。

「レオン、馬車《ばしゃ》のなかのお菓子《かし》を取《と》ってちょうだい。この子《こ》たちにあげたいの。」

レオンさんは、しかたないな、って顔《かお》をしてから、踏《ふ》み台《だい》に足《あし》をかけ、上半身《じょうはんしん》を馬車《ばしゃ》のなかに入《い》れた。

女《おんな》の人《ひと》が小声《こごえ》で号令《ごうれい》をかけた。

「走《はし》って。」

わたしは、拓《た》っくんと亮平《りょうへい》くんに小声《こごえ》でいった。

「走《はし》って、って。」

「えっ⁉」

「なんで？」

同時《どうじ》にきいてきたふたりに、わたしはいった。

「いいから、走《はし》って。」

わたしたち三人《にん》とタイムは、まわれ右《みぎ》をして走《はし》った。

拓《た》っくんが亮平《りょうへい》くんの背中《せなか》を押《お》しながら前《まえ》を走《はし》り、うしろから、わたしとタイムと並《なら》ぶように、女《おんな》の人《ひと》がドレスをつまんですそを上《あ》げながら走《はし》っている。

うしろから声《こえ》がする。

――「レオンさま！」

――「なんだ！　菓子《かし》などないではないか！」

――「マダムが！」

――「だから、なんだ！」

――「逃《に》げました！」

――「なに！　なんだと！　ウソをつけ！」

――「ウソじゃありません！」

――「どこだ！　どっちのほうに走《はし》った！」

――「あっちのほう……。」

――「真《ま》っ暗《くら》で見《み》えないじゃないか！」

わたしたちは道《みち》をはずれ、森《もり》のなかを走《はし》りはじめた。

馬車《ばしゃ》のほうを見《み》ると、レオンさんが、あわてて馬《うま》に乗《の》ろうとしているところだった。でも、急《いそ》いでいるせいか、なかなか乗《の》れないでいる。

同《おな》じように見《み》ていた女《おんな》の人《ひと》がいう。

「いまのうちよ！」

「はい！」

わたしは返事《へんじ》をして、走《はし》るスピードをあげた。

女《おんな》の人《ひと》は、わたしに遅《おく》れることなく走《はし》っている。

その表情《ひょうじょう》に目《め》を吸《す》い寄《よ》せられた。薄《うす》い月明《つきあ》かりのなかで、女《おんな》の人《ひと》は笑《わら》っていた。とても、すがすがしい、はつらつとした顔《かお》をしていた。

わたしは、このときの女《おんな》の人《ひと》の横顔《よこがお》を一生忘《いっしょうわす》れることはないだろう。

わたしたちの前《まえ》では、拓《た》っくんが亮平《りょうへい》くんをせっついている。

「早《はや》く走《はし》れ、亮平《りょうへい》。」

「わかってるよ、わかってるけどさ。」

かなり後方《こうほう》から、馬《うま》のいななきにつづき、ひづめの音《おと》が聞《き》こえてきた。

女《おんな》の人《ひと》がいった。

「そこの木《き》の陰《かげ》に隠《かく》れて。」

わたしたちは、横倒《よこだお》しになっている大《おお》きな木《き》の陰《かげ》に腰《こし》をおろして身《み》をひそめた。

女《おんな》の人《ひと》から見《み》て、左《ひだり》にわたしとタイム、右《みぎ》に拓《た》っくん、亮平《りょうへい》くん。みんな息《いき》があがっていた。

女《おんな》の人《ひと》は、立《た》ち上《あ》がると、近《ちか》くに落《お》ちている枝葉《えだは》をごっそりつかんで、わたしたちの背《せ》中《なか》にかぶせた。

自分《じぶん》の背中《せなか》にも枝葉《えだは》をかけた女《おんな》の人《ひと》が小声《こごえ》でいう。

「追《お》っ手《て》が来《く》るわ。声《こえ》を出《だ》しちゃダメよ。」

拓《た》っくんか亮平《りょうへい》くんが動《うご》いているのか、背中《せなか》を覆《おお》っている枝葉《えだは》がかさっと音《おと》をたてた。

「動《うご》かないで。」

女《おんな》の人《ひと》がいう。

森《もり》のなかにひづめの音《おと》が響《ひび》く。

近《ちか》づいてくる。

レオンさんの声《こえ》がする。

――「マダム！　どこです！」

心臓《しんぞう》がドキドキした。耳元《みみもと》に大《おお》きく聞《き》こえてくるわたしの鼓動《こどう》が、レオンさんに聞《き》かれてしまうんじゃないかと思《おも》うと、さらにドキドキした。

ひづめの音《おと》と、声《こえ》の近《ちか》さからすると、レオンさんは、わたしたちから十メートルも離《はな》れていないところにいる。

――「ったく、オーストリアのじゃじゃ馬娘《うまむすめ》がっ。」

レオンさんは小声《こごえ》で吐《は》き捨《す》てるようにいった。

レオンさんを乗《の》せた馬《うま》が、ひづめの音《おと》を響《ひび》かせながら去《さ》っていく。

女《おんな》の人《ひと》は、自分《じぶん》の背中《せなか》にかぶせていた枝葉《えだは》を払《はら》いのけると、身体《からだ》を返《かえ》し、倒《たお》れている木《き》に背中《せなか》をあずけ、足《あし》を投《な》げ出《だ》した。

「やれやれ。やっと行《い》ったわ。しつこいんだから。」

わたしたちも女《おんな》の人《ひと》にならって、倒《たお》れている木《き》に背中《せなか》をあずけた。

女《おんな》の人《ひと》から見《み》て左《ひだり》に拓《た》っくんと亮平《りょうへい》くん、右《みぎ》にわたし。

息《いき》があがって「はあはあ」いってた亮平《りょうへい》くんは、やっと落《お》ち着《つ》いている。

わたしは女《おんな》の人《ひと》にきいた。

「さっき、『王太子妃《おうたいしひ》』っていわれてましたけど、あなたは、どなたなのですか？」

「マリー・アントワネット。」

女《おんな》の人《ひと》は、こともなげに答《こた》えた。

③ベルサイユよ、さようなら

え……えっ……！

「えーっ！」

わたしは口《くち》をあんぐり開《あ》けていた。

あの……マリー・アントワネット!? 漫画《まんが》『ベルサイユのばら』の……映画《えいが》『マリー・アントワネット』の……マリー・アントワネットが、目《め》の前《まえ》にいるのよ！ 信《しん》じられない！

心臓《しんぞう》がバクバクしはじめた。さっき倒《たお》れた木《き》に隠《かく》れていたときとはちがうドキドキだ。

拓《た》っくんも亮平《りょうへい》くんも口《くち》をぽかんと開《あ》けている。

香里《かおり》の豆知識《まめちしき》

マリー・アントワネットさんが、どんなことをした人《ひと》か知《し》らなくても、名前《なまえ》くらいは聞《き》いたことがあるでしょ？　簡単《かんたん》に、ここに登場《とうじょう》するまでのマリー・アントワネットさんの年表《ねんぴょう》を書《か》いておくね。お願《ねが》いだから、読《よ》んでね。

マリー・アントワネット年表《ねんぴょう》①

一七五五年《ねん》　オーストリアに生《う》まれる。
一七六六年《ねん》　フランス王太子《おうたいし》ルイ・オーギュスト（のちのルイ十六世《せい》）の結婚相手《けっこんあいて》の候補《こうほ》になる。
一七七〇年《ねん》　オーストリアからフランスに嫁《とつ》ぐ。ルイ・オーギュストとベルサイユ宮殿《きゅうでん》で盛大《せいだい》な結婚式《けっこんしき》を挙《あ》げる。
一七七三年《ねん》　王太子《おうたいし》とともにパリを訪問《ほうもん》することが決定《けってい》する。

マリー・アントワネットの噂《うわさ》はホント？

マリー・アントワネットは「パンがなければ、お菓子《かし》を食《た》べればいいのに。」といったの？

マリー・アントワネットさんがきいてきた。

「あなたたちの名前《なまえ》は？」

「遠山香里《とおやまかおり》です。」

「氷室拓哉《ひむろたくや》です。」

「堀田亮平《ほったりょうへい》です。」

「ワン！」

タイムです、といったつもりなのだろう。

「かわいい、わんこね。いらっしゃい。」

マリー・アントワネットさんは腰《こし》をかがめると、タイムを抱《だ》きかかえた。

「いい子《こ》ね。名前《なまえ》は？」

「タイム、です。」

「人《ひと》も犬《いぬ》も、へんな名前《なまえ》ね。どこの国《くに》の子《こ》？」

「日本《にっぽん》です。」

「に、っ、ぽ、ん……どこ？　フランスや、わたくしの故郷《こきょう》のオーストリアの周辺《しゅうへん》にはないと思《おも》うけど……。」

「ずっと東《ひがし》のほうです……。」

「あ、そう。わたくしだって、オーストリアからお嫁入《よめい》りして、フランス語《ご》を覚《おぼ》えるのに苦労《くろう》したっていうのに、あなたたち、フランス語《ご》がじょうずよねえ。」

腕時計型同時通訳装置《うでどけいがたどうじつうやくそうち》のおかげ、とはいえない。この時代《じだい》の人《ひと》に説明《せつめい》して、わかってもらえるとは思《おも》えない。

「で、こんな時間《じかん》に、こんなところで、なにしてるの？」

「えっと、遊《あそ》んでたら、迷子《まいご》になっちゃって。」

そう答《こた》えるしかなかった。

わたしは、タイムの頭《あたま》をなでているマリー・アントワネットさんにたずねた。

「マリー・アントワネットさんは、犬《いぬ》、好《す》きなんですか？」

「オーストリアにいるときに飼《か》ってたんだけど、フランスに入《はい》るところで『オーストリアの犬《いぬ》はダメです。』って離《はな》ればなれにされちゃったのよ！　んもう！　いっしょにお嫁入《よめい》りできると思《おも》ってたのに！」

「犬《いぬ》はペットじゃなくて、家族《かぞく》、親友《しんゆう》ですもんね。」

「そう！　そうなのよ！　わかる？　わかってもらえる？」

「わかります、わかります。」

わたしが読《よ》んだ伝記《でんき》では、マリー・アントワネットさんはとっても優雅《ゆうが》だけど、そのいっぽう、とってもわがままで、ぜいたく三昧《ざんまい》な暮《く》らしを送《おく》っていた。

王族《おうぞく》のぜいたくぶり、国費《こくひ》の無駄遣《むだづか》いなどが原因《げんいん》でフランス革命《かくめい》が起《お》きたとき、抗議《こうぎ》に詰《つ》めかけた民衆《みんしゅう》をベルサイユ宮殿《きゅうでん》のベランダから見下《みお》ろしながら、「パンがなければ、お菓子《かし》を食《た》べればいいのに。」っていってた。

けっきょく、捕《つか》まっちゃって、夫《おっと》のルイ十六世《せい》も、マリー・アントワネットさんもギロチンにかけられて処刑《しょけい》されちゃう……。

でも、いま目《め》の前《まえ》にいるマリー・アントワネットさんは、わたしたちにも気《き》さくに話《はな》しかけてくれて、とってもすてき。

どうして、こんなすてきな人《ひと》が処刑《しょけい》されなきゃいけないわけ？

マリー・アントワネットさんが、わたしの顔《かお》をのぞきこんでくる。

「わたくしのこと、じーっと見《み》てるけど……わたくしの顔《かお》になにかついてる？」

「い、いいえ。あ、あのっ……。」

わたしはマリー・アントワネットさんにたずねた。

「えっと、いま、何年何月《なんねんなんがつ》ですか？」

「一七七三年《ねん》五月《がつ》の半《なか》ばよ。そんなことも知《し》らないの？　困《こま》った子《こ》たちね。」

「ごめんなさい。でも……。」

「なに？」

「とっても若《わか》そうに見《み》えるのに、結婚《けっこん》してるんだ、って思《おも》って。」

「そう？　そんなに珍《めずら》しいことじゃないけど。」

「いま、何歳《なんさい》なんですか？」

「嫁《とつ》いだのは十四歳《さい》で、いま十七歳《さい》だけど。」

「えーっ！」

十四歳《さい》ってことは、中学《ちゅうがく》三年生《ねんせい》くらいで結《けっ》婚《こん》したってことよね？　ってことは……。

わたしは、自分《じぶん》の顔《かお》を指《ゆび》さして、いった。

「わたしが二年後《ねんご》に結婚《けっこん》するようなもの……!?」

「考《かんが》えられないよなあ。」

頭《あたま》のうしろで両手《りょうて》を組《く》みながら拓《た》っくんがいうと、亮平《りょうへい》くんがため息《いき》をつく。

「彼女《かのじょ》もいないのになあ。」

マリー・アントワネットさんが左《ひだり》どなりにすわっている拓《た》っくんをひじで小突《こづ》く。

「なにいってるの。あなたたち、若《わか》いんだから。もっと将来《しょうらい》に希望《きぼう》をもちなさい！」

わたしは、マリー・アントワネットさんにいった。

「さっき、レオンって人《ひと》、マリー・アントワネットさんのことを『マダム』っていってました。」

「王家《おうけ》の者《もの》だもの。貴族《きぞく》の女性《じょせい》は、結婚《けっこん》してても、してなくても『マダム』。——香里《かおり》は貴族《きぞく》？」

「い、いいえ！」

「じゃあ、『マドモアゼル』ね。」

「マドモアゼルだって！」

吹《ふ》いた拓《た》っくんにマリー・アントワネットさんがいう。

「女《おんな》の子《こ》を茶化《ちゃか》さないの。」

「はーい。」

亮平《りょうへい》くんがマリー・アントワネットさんにきいた。

「なんでオーストリアの女《おんな》の人《ひと》がフランスに嫁《とつ》いだんですか？」

「オーストリアとフランスの同盟《どうめい》の証《あかし》としてよ。」

「な〜る。」

亮平《りょうへい》くんがうなずいたので、わたしはきいた。

「亮平《りょうへい》くん、なんで同盟《どうめい》を結《むす》んだか、知《し》ってるの？」

「ぜんぜん。」

わたしも拓《た》っくんもずっこけそうになった。

マリー・アントワネットさんが笑《わら》う。

「あなたたちには関係《かんけい》のない話《はなし》なんだから気《き》にしなくていいのよ。でもねえ……はあ。」

マリー・アントワネットさんがため息《いき》をつく。

「わたくしは、関係《かんけい》ないじゃすまされないのよねえ。」

「なんでですか？」

わたしはきいた。

「だって、わたくしには大事《だいじ》な使命《しめい》があるもの。」

「使命《しめい》？」

「将来《しょうらい》、フランス国王《こくおう》となれる、元気《げんき》な男《おとこ》の子《こ》の赤《あか》ちゃんを産《う》むこと。もし男《おとこ》の子《こ》が生《う》まれなかったら、わたくし、フランス宮廷《きゅうてい》はもちろん、フランスの人々《ひとびと》に恨《うら》まれてしまうかもしれないわ。」

そこで拓《た》っくんが口《くち》をはさんできた。

「あのさ、オーストリアとフランスって、どっちがお金持《かねも》ちなの？」

「さあ、知《し》らないわ。」

「どっちにしても宮廷《きゅうてい》にいると、ぜいたくできてよさそうだよな。なあ、亮平《りょうへい》。」

「おいしいものも、たくさん食《た》べられそう。そうだ、オーストリアの料理《りょうり》と、フランスの料理《りょうり》、どっちがおいしい？」

「それは……それぞれ、おいしいわ。でも、それはそれ。」

「ん？　どういうことですか？」

わたしはたずねた。

「オーストリアは、わたくしの故郷《こきょう》だから、そりゃ居心地《いごこち》は最高《さいこう》だったわよ？　でもね、フランス国王一族《こくおういちぞく》がいるベルサイユ宮殿《きゅうでん》での暮《く》らしは、んもう、窮屈《きゅうくつ》！」

　マリー・アントワネットさんは、こぶしで膝《ひざ》をたたきながら、つづけた。

「朝《あさ》、目《め》が覚《さ》めてから夜寝《よるね》るまで、身《み》のまわりの世話《せわ》をする人《ひと》がそばにいるの！　ひとりになれることなんて、まず、ないの！」

「へえ、そういうものなんですか。ひとりっきりに、なれないんだ……。」

香里《かおり》クイズ

Q《キュー》．マリー・アントワネットさんの夫《おっと》、王太子《おうたいし》ルイ・オーギュスト（のちのルイ十六世《せい》）の趣味《しゅみ》は？
A《エー》　ドアノブ作《づく》り

B《ビー》 錠前作《じょうまえづく》り
C《シー》 蝶番作《ちょうつがいづく》り

信《しん》じられない、と思《おも》ったわたしは、質問《しつもん》をつづけた。

「だんなさん……えっと……王太子《おうたいし》の名前《なまえ》は？」

「オーギュスト。」

「そのオーギュストさんは、やさしくしてくれないんですか？」

「やさしい人《ひと》よ。でも……。」

「でも？」

マリー・アントワネットさんは、頰《ほお》のあたりをぽりぽりとかいた。

「オーギュストはっていうと、狩《か》りと、趣味《しゅみ》の錠前作《じょうまえづく》りに明《あ》け暮《く》れる毎日《まいにち》で、ほとんど、わたくしをかまってくれないの。朝《あさ》ごはんと、夕《ゆう》ごはんは、いっしょなんだけど。それに……。」

「それに？」

マリー・アントワネットさんは、少《すこ》し顔《かお》を赤《あか》らめ、ちょっと口《くち》をとがらせながらいった。

「……夜《よる》も、疲《つか》れてるせいか、すぐ眠《ねむ》ってしまうもんだから、結婚《けっこん》して三年《ねん》にもなるのに、赤《あか》ん坊《ぼう》ができないのよ。」

「そうだったんですか……。」

「フランス宮廷《きゅうてい》のみんなは口《くち》に出《だ》さないけど、わかってる。跡取《あとと》りはまだか、って。オーストリアの母《はは》も『赤《あか》ちゃんはまだ？』ってうるさいもんだから、たいへんなの！　親《おや》からのプレッシャーが！」

香里《かおり》クイズ

Q《キュー》．マリー・アントワネットさんのお母《かあ》さんの名前《なまえ》は？
A《エー》　マリア・イサベラ

B《ビー》　マリア・テレジア
C《シー》　マリア・ベアトリーチェ

たしかマリー・アントワネットさんのお母《かあ》さんの名前《なまえ》は、マリア・テレジアだったはず。

「わかる！」

拓《たく》っくんだ。

「親《おや》ってさ、なんで、あんなにプレッシャーをかけるんだろうな！　テストの点数《てんすう》といい順位《じゅんい》といい……。」

「『レストラン堀田《ほった》』を継《つ》げ、とかな。でも香里《かおり》ちゃんは、親《おや》からプレッシャーかけられるとか、なさそうだけど。」

「成績《せいせき》いいからなあ。」

「んだんだ。」

マリー・アントワネットさんがいう。

「わたくしの話《はなし》、つづけていい？」

「ごめんなさい！　どうぞ！」

わたしは、マリー・アントワネットさんに話《はなし》のつづきをうながした。

「おまけに、ずっとずっとベルサイユ宮殿《きゅうでん》に閉《と》じこめられてるもんだから、わたくし、オーギュストの祖父《そふ》で国王《こくおう》のルイ十五世《せい》にお願《ねが》いして、夫婦《ふうふ》そろってパリに行《い》く許《ゆる》しをえたの。」

「よかったですね！」

「その日《ひ》は、六月八日《がつようか》。でもいちど『パリに行《い》ける！』と決《き》まったら決《き》まったで居《い》ても立《た》ってもいられなくなっちゃって。それも、できれば、お付《つ》きなしで、ひとりでね。」

「だから、今夜《こんや》、お忍《しの》びでパリ観光《かんこう》？」

うなずいてから、マリー・アントワネットさんがつづけた。

「でも、あの怖《こわ》いレオンがいたら、パリも楽《たの》しめないでしょ？」

マリー・アントワネットさんが大《おお》きな目《め》でわたしを見《み》てくる。

きれいな目《め》……。

わたしはマリー・アントワネットさんにきいた。

「だから逃《に》げたんですね？」

「そう。」

「でも、あのレオンさんは、マリー・アントワネットさんを守《まも》るためについてきたんですよね？」

「え……。」

マリー・アントワネットさん、イヤな顔《かお》をする。

「彼《かれ》は、わたくしの身《み》のまわりの世話《せわ》をするひとりだからしょうがないけど、ふだんからわたくしのことを見張《みは》ってて。」

「見張《みは》ってるんですか!?」

「そう。わたくしが宮殿《きゅうでん》のなかでひとりっきりになれそうなところに行《い》こうとすると、まるで見張《みは》っていたかのように、すっと姿《すがた》をあらわしたりするのよ。」

「た、たいへんなんですね……。」

でも、わたしがレオンさんだったとしても、マリー・アントワネットさんは王太子妃《おうたいしひ》なんだから、しっかり見張《みは》ってるかも。

「ね？　イヤなやつだと思《おも》わない？　だから、御者《ぎょしゃ》にお金《かね》を渡《わた》して、こっそり出《で》るはずだったけど、ベルサイユ宮殿《きゅうでん》の門《もん》で止《と》められちゃって。門番《もんばん》たちにもお金《かね》を渡《わた》して出《で》てこようとしたら、レオンが追《お》いかけてきちゃったのよ。」

「えーっ！　それで、どうなったんですか！」

「それでね、レオンのやつ、『マダム、どちらへ。』ってしつこくて。しかたないから、『お忍《しの》びでパリに行《い》きたいの。』っていうしかなかったのよ。」

「レオンさんにもお金《かね》を渡《わた》して、口止《くちど》めしたり……。」

「……したかったけど、御者《ぎょしゃ》と門番《もんばん》たちに渡《わた》しちゃったあとだったから、すっからかんよ。」

「ぜんぶ、渡《わた》しちゃったんだ……。」

「おまけにレオンったら、『マダム。そんなにお忍《しの》びでパリに行《い》きたいのなら、わたしも同行《どうこう》します。それを許《ゆる》していただけるなら、宮殿《きゅうでん》のみなさんにナイショにしておきますよ。』って恩着《おんき》せがましくいうのよ。——んもう、だれかに見張《みは》られながら歩《ある》くのなんてイヤヤよ。」

マリー・アントワネットさんは口《くち》をとがらせて、ぷいっと横《よこ》を向《む》いた。つんとした鼻《はな》がかわいい。

亮平《りょうへい》くんがきいた。

「でも、レオンさんって人《ひと》、よく外出《がいしゅつ》を許《ゆる》してくれましたね。力《ちから》ずくでも止《と》めそうなものなのに。」

「そうよねえ。機嫌《きげん》がよかったのかしら。」

こんどは拓《た》っくんがきく。

「ベルサイユ宮殿《きゅうでん》ってパリにあるんじゃないんだ……。」

マリー・アントワネットさんが首《くび》を横《よこ》に振《ふ》る。

「ベルサイユとパリは馬車《ばしゃ》で二時間《じかん》以上《いじょう》、歩《ある》くと六時間《じかん》はかかるらしいわ。」

「いま、ぼくたちのいるここからパリまで、どれくらいなんですか？」

「もう目《め》と鼻《はな》の先《さき》よ。」

「パリに行《い》ったあとは？」

「夜明《よあ》けに教会《きょうかい》でミサがあるから、それまでにもどればいいわ。」

「もし、夜明《よあ》けまでにもどらなかったらどうなるんですか？」

「ベルサイユ宮殿《きゅうでん》じゅうが大騒《おおさわ》ぎになって、捜索隊《そうさくたい》が出動《しゅつどう》することになるわね。——そうよ、夜明《よあ》けまでしか時間《じかん》がないのよ。急《いそ》がないと。こんなところで、のんびりしてる場合《ばあい》じゃない。」

そこでマリー・アントワネットさんが鼻《はな》をくんくんさせる。

「やだ、走《はし》ったせいで、もう汗《あせ》かいちゃってる。お風呂《ふろ》入《はい》りたいわ。」

わたしは、マリー・アントワネットさんにきいた。

「ベルサイユ宮殿《きゅうでん》にお風呂《ふろ》あるんですか？」

「もちろんあるわよ。でも昔《むかし》はお風呂《ふろ》に入《はい》る習慣《しゅうかん》がなかったみたいね。だから香水《こうすい》いっぱい振《ふ》りかけて、ぷんぷんだったって。——さ、行《い》くわよ。」

わたしは、きいた。

「マリー・アントワネットさん、わたしたちも行《い》くんですか？」

「『マリー・アントワネット』って長《なが》い名前《なまえ》でしょ？　だから、『マリー』って呼《よ》んでちょうだい。——はい、練習《れんしゅう》。」

「わかりました。――マリーさん、わたしたちも行《い》くんですか？」

マリー・アントワネットさんが、わたしの顔《かお》をじっと見《み》てくる。

「あなたたち、わたくしの味方《みかた》？　それとも敵《てき》？」

「敵《てき》ではないと思《おも》います。」

「だったら、いっしょにいらっしゃい。それとも、王太子妃《おうたいしひ》のわたくしをひとりでパリの街《まち》に放《ほう》り出《だ》すつもり？」

「いえいえ。」

わたしは顔《かお》を横《よこ》に振《ふ》った。

「それに、あなたの飼《か》い犬《いぬ》は、わたくしが抱《だ》っこしてるの。」

「そ、そうですね……。」

「人質《ひとじち》……いえ、犬質《いぬじち》よ。ふふふ。」

マリー・アントワネットさんは、ぎゅっと抱《だ》っこしたタイムの顔《かお》に頬《ほお》ずりした。タイムが「この人《ひと》、なんとかして。」って顔《かお》で、わたしのほうを見《み》てきた。

④パリよ、こんにちは

「あれがパリ……。」

タイムを抱《だ》っこしたままのマリー・アントワネットさんは、大《おお》きな川《かわ》の向《む》こうに広《ひろ》がる夜《よる》の街《まち》を見《み》やりながら、つぶやいた。薄《うす》い月明《つきあ》かりに、石造《いしづく》りの街並《まちな》み、れんが色《いろ》の屋根《やね》が浮《う》かび上《あ》がって見《み》える。

「すてき……。」

わたしも、思《おも》わず、言葉《ことば》をもらしていた。

マリー・アントワネットさん、わたし、それに拓《た》っくんと亮平《りょうへい》くんも、しばらく、パリの街並《まちな》みを、ぼーっとながめていた。

香里《かおり》クイズ

Q《キュー》．パリを流《なが》れる、フランスを代表《だいひょう》する川《かわ》は？

A《エー》 ライン川《がわ》

B《ビー》 セーヌ川《がわ》

C《シー》 ロアール川《がわ》

マリー・アントワネットさんがいう。

「この大《おお》きな川《かわ》が、噂《うわさ》に聞《き》くセーヌ川《がわ》ね。」

わたしはうなずいた。

「そうだったと思《おも》います。」

「香里《かおり》、あなた、パリに来《き》たことがあるの？」

「ええ、まあ……。」

拓《た》っくんと亮平《りょうへい》くんが感嘆《かんたん》の声《こえ》をあげて、ハモる。

「すげえ！」

パリに来《き》たことがあるっていっても、まだ小学校低学年《しょうがっこうていがくねん》のころに家族《かぞく》で行《い》ったヨーロッパ旅行《りょこう》の途中《とちゅう》で名所《めいしょ》めぐりをしただけだから、地理《ちり》がわかってたり、土地勘《とちかん》があるわけじゃない。

まして、夜《よる》！　パリの中心地《ちゅうしんち》には一定間隔《いっていかんかく》で支柱《しちゅう》から吊《つ》るされたランタンがぼんやり光《ひか》ってるけど、このあたりは、真《ま》っ暗《くら》なのだ。

「セーヌ川《がわ》って、パリを流《なが》れてるんでしょ？」

「たしか、そうでした。」

マリー・アントワネットさんの足《あし》が動《うご》きはじめた。

目《め》の前《まえ》のセーヌ川《がわ》に沿《そ》って歩《ある》きはじめる。

わたしは、マリー・アントワネットさんの背中《せなか》に声《こえ》をかけた。

「これから、どうするんですか？」

「川沿《かわぞ》いに歩《ある》いていったら、そのうちパリに行《い》けるんじゃない？」

「それはそうかもしれないですけど……。」

マリー・アントワネットさんは、まったく歩《あゆ》みを止《と》める気配《けはい》すらなく、川沿《かわぞ》いの道《みち》をずんずん歩《ある》きながら、わたしたちを呼《よ》んだ。

「ほら、早《はや》くいらっしゃい！　あなたたちは、わたくしのお供《とも》なのだから！」

わたしは、拓《た》っくん、亮平《りょうへい》くんと、顔《かお》を見合《みあ》わせて、そろって肩《かた》をすぼませた。

マリー・アントワネットさんのうしろから歩《ある》きながら、拓《た》っくんがつぶやく。

「香里《かおり》ちゃんの学校《がっこう》に乗《の》りこんでいった清少納言《せいしょうなごん》さんに似《に》てないか？」

すると亮平《りょうへい》くんもいう。

「拓哉《たくや》をかわいがってたヒミコさんにも似《に》てる。」

「うっせえ……。」

拓《た》っくんが軽《かる》く吐《は》き捨《す》てるようにいってから、わたしたちにいう。

「ついていこうぜ。ちょっとわがままっぽいけどさ、おれたちのせいで、マリー・アントワネットさんになにかあって、歴史《れきし》が変《か》わっちまったら、まずいじゃん。」

拓《た》っくんのいうとおりだ。

もし、わたしたちがかかわったせいで、フランス革命前《かくめいまえ》にあのマリー・アントワネットさんに、もしものことがあったりしたら責任重大《せきにんじゅうだい》！　ううん、責任《せきにん》とれないもの！

わたしたち三人《にん》は、マリー・アントワネットさんを追《お》いかけていった。

あとで調《しら》べてわかったことだけど、わたしたちがセーヌ川《がわ》にぶつかったのは、パリの南《なん》西《せい》にあたるセーブルあたり。

セーヌ川《がわ》を左《ひだり》に見《み》ながら南東《なんとう》の方角《ほうがく》に歩《ある》いていった。

すると川《かわ》は大《おお》きく蛇行《だこう》し、北東《ほくとう》の方角《ほうがく》へ曲《ま》がりはじめた。

これでほんとうにパリに向《む》かっているのだろうか。

「地図《ちず》がないから不安《ふあん》……。」

わたしがつぶやくと、マリー・アントワネットさんが笑《わら》った。

「だいじょうぶよ。なんとかなるわよ。香里《かおり》は心配性《しんぱいしょう》ね。」

すぐに拓《た》っくんがいう。

「心配性《しんぱいしょう》っていうか、まじめなんですよ。」

「疲《つか》れない？」

マリー・アントワネットさんが、肩越《かたご》しにわたしのほうを振《ふ》り向《む》いて、いう。

「ちょっと疲《つか》れます。」

「いまは、自由《じゆう》なんだから、楽《たの》しまなきゃ！」

「自由《じゆう》……？」

「だって、窮屈《きゅうくつ》なベルサイユから解放《かいほう》されたんだもの。」

わたしは、マリー・アントワネットさんのことが、ちょっと気《き》の毒《どく》に思《おも》えてきた。

マリー・アントワネットさんは立《た》ち止《ど》まると、両手《りょうて》を広《ひろ》げて、大《おお》きくのびをして、また歩《ある》きはじめた。

香里《かおり》クイズ

Q《キュー》．パリの中心《ちゅうしん》、セーヌ川《がわ》の島《しま》に建《た》つ、とっても有名《ゆうめい》な教会《きょうかい》は？

A《エー》　シャルトル大聖堂《だいせいどう》
B《ビー》　モン・サン・ミッシェル
C《シー》　ノートルダム大聖堂《だいせいどう》

わたしは、小学校低学年《しょうがっこうていがくねん》のヨーロッパ旅行《りょこう》のときに見《み》た、パリの地図《ちず》を思《おも》い出《だ》していた。

パリでは、セーヌ川《がわ》は大《おお》きく蛇行《だこう》してた気《き》がする。南東《なんとう》の方角《ほうがく》から流《なが》れてきたセーヌ川《がわ》は、パリの中心部《ちゅうしんぶ》から南西《なんせい》に向《む》かい、大《おお》きく蛇行《だこう》して北北東《ほくほくとう》の方角《ほうがく》へ、また蛇行《だこう》して南西《なんせい》の方角《ほうがく》へ流《なが》れていく。

「で、パリの中心部《ちゅうしんぶ》から南西《なんせい》に流《なが》れる手前《てまえ》の北側《きたがわ》にルーブル美術館《びじゅつかん》、南西《なんせい》に流《なが》れる角《かど》の北《きた》のほうに凱旋門《がいせんもん》、南側《みなみがわ》にエッフェル塔《とう》があった……。」

わたしがつぶやくと、亮平《りょうへい》くんがマリー・アントワネットさんに聞《き》こえないくらいの小《こ》声《ごえ》でいった。

「香里《かおり》ちゃん、マリー・アントワネットさんの時代《じだい》には、エッフェル塔《とう》も凱旋門《がいせんもん》もルーブル美術館《びじゅつかん》もないと思《おも》うよ。」

「あ、そっか。——じゃあ、ノートルダム大聖堂《だいせいどう》は？」

「それは、どうかな。」

するとマリー・アントワネットさんがいった。

「ん？ いま聞《き》こえてきたけど……ノートルダム大聖堂《だいせいどう》!? ノートルダム大聖堂《だいせいどう》！ 聞《き》いたことあるわ！」

亮平《りょうへい》の豆知識《まめちしき》

フランスの観光名所《かんこうめいしょ》

エッフェル塔《とう》＝一八八九年《ねん》のパリ万国博覧会《ばんこくはくらんかい》を記念《きねん》して建設《けんせつ》されたんだ。高《たか》さ約《やく》三百メートル。

凱旋門《がいせんもん》＝凱旋門《がいせんもん》はいくつかあって、有名《ゆうめい》なのはエトワール凱旋門《がいせんもん》。一八三六年《ねん》に、ナポレオンのフランス軍隊《ぐんたい》をたたえるために建設《けんせつ》されたもの。高《たか》さ五十メートル。

ノートルダム大聖堂《だいせいどう》＝一一六〇年代《ねんだい》から一二五〇年《ねん》にかけて完成《かんせい》した教会《きょうかい》。


でも、すぐにマリー・アントワネットさんは首《くび》を横《よこ》に振《ふ》った。

「なんで、パリに来《き》てまで、教会《きょうかい》に行《い》かなきゃいけないのよ。ねえ、タイム。」

あっ、そうか。いまのマリー・アントワネットさんは、宮殿《きゅうでん》、教会《きょうかい》など、堅苦《かたくる》しいものにかかわりたくないのね。

わたしは、マリー・アントワネットさんにたずねた。

「マリーさんは、どこに行《い》ってみたいんですか？」

マリー・アントワネットさんは即答《そくとう》した。

「オペラ座《ざ》！」

パリにオペラ座《ざ》というものがあることは、わたしもなんとなく知《し》っていた。

「どうしてオペラ座《ざ》に行《い》ってみたいんですか？」

「音楽《おんがく》が好《す》きだから、かな。」

そこでマリー・アントワネットさんは、「ふふふ。」と思《おも》い出《だ》し笑《わら》いをした。

「え？　なに？」

わたしがきくと、マリー・アントワネットさんが教《おし》えてくれた。

「わたくしが六歳《さい》のとき、わが子《こ》を宮廷音楽家《きゅうていおんがくか》にさせたがっているお父《とう》さんが来《き》たの。もちろん、その子《こ》もいっしょに。それで、わたくしたちの前《まえ》で、六歳《さい》の男《おとこ》の子《こ》が鍵盤楽器《けんばんがっき》（のちのピアノ）を弾《ひ》いたの。とても六歳《さい》とは思《おも》えなかった。でも、その子《こ》がやんちゃで、床《ゆか》で滑《すべ》って転《ころ》んじゃったのよ。わたくし、思《おも》わず助《たす》けたら、その男《おとこ》の子《こ》、なんていったと思《おも》う？」

「ありがとう、ですよね、ふつうは。」

「ちがうのよ。こういったの。――『大《おお》きくなったら、ぼくのお嫁《よめ》さんにしてあげる。』よ。信《しん》じられる？『ぼくと結婚《けっこん》して。』ならまだわかるけど、『ぼくのお嫁《よめ》さんにしてあげる。』よ。」

「その男《おとこ》の子《こ》、いまごろ、どうしてるんでしょうね。」

「音楽家《おんがくか》をやってるみたいよ。」

「名前《なまえ》は？」

「モーツァルトっていったかしら。」

「モーツァルト！」

わたし、拓《た》っくん、亮平《りょうへい》くんは、同時《どうじ》にハモっていた。

「あら、あの子《こ》、そんなに有名《ゆうめい》なの？」

「え、ええ、まあ。」

あまりよけいなことをいうと、タイムスリップしたことを説明《せつめい》しなければならなくなるので、そうごまかすしかなかった。

マリー・アントワネットさんがつづける。

「幼《おさな》いころから、音楽《おんがく》を聞《き》かされて育《そだ》ったので、耳《みみ》だけは肥《こ》えちゃってね。——だから、わたくし、いま流行《はや》っている本格的《ほんかくてき》なオペラを観《み》たくて。観《み》ることがかなわなくても、せ

めて、その舞台《ぶたい》だけでも、この目《め》で見《み》てみたいのよ。」

「いまいるベルサイユ宮殿《きゅうでん》で音楽《おんがく》は？」

「音楽家《おんがくか》を呼《よ》んでるみたいだけど、ウィーンの宮殿《きゅうでん》の何倍《なんばい》も窮屈《きゅうくつ》！　だいいち、宮殿《きゅうでん》に来《き》てるっていうだけで音楽家《おんがくか》たちは緊張《きんちょう》してるの。その緊張《きんちょう》が伝《つた》わってくる……。」

マリー・アントワネットさんは、そこでいちど言葉《ことば》を切《き》った。

「……そういうんじゃなくて、もっと自由《じゆう》に、はつらつとしている音楽家《おんがくか》たちの演奏《えんそう》を聴《き》いてみたい！　その演奏《えんそう》にのって演《えん》じたり歌《うた》ったりしているオペラを観《み》たいの！」

マリー・アントワネットさんのまっすぐな願《ねが》いを聞《き》いて、鳥肌《とりはだ》が立《た》っていた。彼女《かのじょ》の願《ねが》いをかなえてあげたい！　そう思《おも》いはじめていた。このあとの彼女《かのじょ》の未来《みらい》がどんなものであるにしても……。


しばらくセーヌ川《がわ》沿《ぞ》いを歩《ある》きつづけた先《さき》――。

あれはっ！

わたしたちは正面《しょうめん》を見《み》て、立《た》ちすくんだ。

正面《しょうめん》に高《たか》さが三メートルくらいの金属《きんぞく》の門扉《もんぴ》が見《み》えたのだ。

マリー・アントワネットさんが目《め》をこらす。

「市街地《しがいち》と郊外《こうがい》をつなぐ門《もん》ね。入市税《にゅうしぜい》をとる総徴税請負人《そうちょうぜいうけおいにん》の手下《てした》がいるはずよ。」

「わたしたち、お金《かね》ありません。」

「わたしもないわ。でもだいじょうぶ。」

「どうしてですか？」

「だって、ほら……。」

マリー・アントワネットさんが腰《こし》をかがめて、指《ゆび》さす。

「門扉《もんぴ》が少《すこ》し開《ひら》いてて、門柱《もんちゅう》のかげにすわってる人《ひと》、寝《ね》てるもの。——行《い》くわよ。足音《あしおと》を立《た》てないで。」

門扉《もんぴ》に近《ちか》づいていく。

門柱《もんちゅう》のかげにすわったまま寝《ね》ているのは、おじいさんだった。熟睡《じゅくすい》してるかんじ。

まず、マリー・アントワネットさんが、つづいて、わたし、拓《た》っくん、亮平《りょうへい》くんの順《じゅん》で、少《すこ》し開《ひら》いている門扉《もんぴ》をすり抜《ぬ》けた。

ギイ……。

音《おと》がした。

わたしの心臓《しんぞう》がはねあがった。

おじいさんは音《おと》に少《すこ》し反応《はんのう》したけど、まだ寝《ね》てる。

振《ふ》り向《む》くと、亮平《りょうへい》くんの身体《からだ》がひっかかっていた。

拓《た》っくんが、門扉《もんぴ》をもう少《すこ》し開《ひら》いて、亮平《りょうへい》くんを通《とお》す。

わたしたちは、抜《ぬ》き足差《あしさ》し足《あし》で、おじいさんの横《よこ》を通《とお》り抜《ぬ》けていった。

おじいさんが目《め》を覚《さ》ましはしないかと、ドキドキだった。

五十メートルくらい歩《ある》いたところで立《た》ち止《ど》まり、深《ふか》く息《いき》を吐《は》いた。

マリー・アントワネットさんがいった。

「気《き》づかれずにすんだわね。こうやって入市税《にゅうしぜい》を逃《のが》れる者《もの》が多《おお》いから、もっと高《たか》い、しっかりした塀《へい》を築《きず》く話《はなし》がでてるみたい。面倒《めんどう》くさいわよね。」

さらに、しばらく歩《ある》いたところで、マリー・アントワネットさんが足《あし》を止《と》めた。

「パリ！　オペラ座《ざ》は、もうすぐなのね！」

拓《た》っくんと亮平《りょうへい》くんも深呼吸《しんこきゅう》するように両手《りょうて》を広《ひろ》げた。

「パリかあ！　すごいな、亮平《りょうへい》。」

「このあいだ来《き》たときは、同《おな》じフランスでもパリじゃなかったもんなあ。」

ナポレオンさんとジョゼフィーヌさんと会《あ》ったときのことをいっているのだ。

マリー・アントワネットさんが、わたしたちのほうを見《み》る。

「あなたたち、ずいぶん、あちこち行《い》ってるのね。」

「あ、いや、その……。」

わたしは顔《かお》の前《まえ》で手《て》をひらひらさせた。わたしたちは、偶然《ぐうぜん》タイムスリップをくりかえしてるだけで……。

マリー・アントワネットさんがつづける。

「わたくしは、フランスにお嫁《よめ》に来《き》たといってもベルサイユ宮殿《きゅうでん》しか知《し》らなかったのに。ったく！　自由《じゆう》なあなたたちがうらやましいわ！　さ、行《い》くわよ！」

セーヌ川《がわ》に沿《そ》って、しばらく歩《ある》くと、ようやく、ひとつの橋《はし》が見《み》えてきた。

アーチが連《つら》なった石橋《いしばし》だ。

あとで調《しら》べてわかったことだけど、この橋《はし》の名《な》はロワイヤル橋《ばし》。パリの中心《ちゅうしん》で、セーヌ川《がわ》に架《か》かる橋《はし》のなかでは、マリー・アントワネットさんの時代《じだい》ではいちばん新《あたら》しい橋《はし》だった。

拓哉《たくや》の豆知識《まめちしき》

マリー・アントワネットの時代《じだい》に架《か》かっていたセーヌ川《がわ》の橋《はし》の古《ふる》さランキング。ベスト3《スリー》は？

1位《い》　ポンヌフ（新《あたら》しい橋《はし》）　一六〇七年《ねん》
2位《い》　サン・ルイ橋《ばし》　一六三〇年《ねん》（初代《しょだい》の名称《めいしょう》はサン・ランドリ橋《ばし》）
3位《い》　マリー橋《ばし》　一六三五年《ねん》

「あれ見《み》て！」

わたしは、橋《はし》を指《ゆび》さした。

ロワイヤル橋《ばし》の中間《ちゅうかん》あたりに背《せ》の高《たか》い男《おとこ》の人《ひと》が立《た》っていて、欄干《らんかん》から川《かわ》をのぞきこんでいるのが見《み》えた。

年齢《ねんれい》は二十代半《だいなか》ばくらい？　外国《がいこく》の人《ひと》は日本人《にほんじん》より老《ふ》けて見《み》える、というか、おとなに見《み》えるから、二十歳《はたち》前後《ぜんご》かもしれない。

すると、その人《ひと》、いきなり欄干《らんかん》によじのぼりはじめた。

ええっ!?

拓《た》っくんがいう。

「あの人《ひと》、自殺《じさつ》するつもりじゃないだろうな。」

亮平《りょうへい》くんもいう。

「身《み》を投《な》げるつもりかもしれないよ。」

「拓《た》っくん、亮平《りょうへい》くん！　止《と》めなきゃ！」

わたしはさけぶなり、駆《か》けだした。

すると！

わたしよりも先《さき》に、タイムを抱《だ》いたマリー・アントワネットさんが走《はし》りだしていた。

反応《はんのう》、速《はや》っ……。

マリー・アントワネットさんは、橋《はし》の中間《ちゅうかん》あたりまで行《い》くと、左手《ひだりて》でタイムを抱《だ》いたまま、欄干《らんかん》によじのぼっている男《おとこ》の人《ひと》の上着《うわぎ》のすそを右手《みぎて》でつかんで、引《ひ》っぱった。

「うわっ！」

男《おとこ》の人《ひと》は欄干《らんかん》から手前《てまえ》に落《お》ち、橋《はし》の上《うえ》に尻《しり》もちをついた。

すぐに、わたしたち三人《にん》も追《お》いつき、男《おとこ》の人《ひと》を取《と》り囲《かこ》んで見下《みお》ろす格好《かっこう》になった。

バツが悪《わる》そうに金髪《きんぱつ》の後頭部《こうとうぶ》をぽりぽりかきながら、男《おとこ》の人《ひと》が立《た》ち上《あ》がった。

黒《くろ》っぽいズボンに、灰色《はいいろ》のシャツ、焦《こ》げ茶色《ちゃいろ》のすその長《なが》いジャケット姿《すがた》だ。

あらためて近《ちか》くで見《み》ると、男《おとこ》の人《ひと》の背《せ》は百八十センチくらいはありそうだった。

顔《かお》は……うーん……目《め》がちょっと垂《た》れ目《め》だけど、鼻《はな》は高《たか》い。だけど……なんていうの？

残念《ざんねん》なイケメン？　ってかんじっていえば、わかるかな。

マリー・アントワネットさんは、タイムを石畳《いしだたみ》におろすと、両手《りょうて》を腰《こし》にあて、両足《りょうあし》を少《すこ》し広《ひろ》げて立《た》った。

拓《た》っくんと亮平《りょうへい》くんが、笑《わら》いながら両脇《りょうわき》からひじでわたしのことを突《つ》っついてきた。たしかにわたしも、こんな格好《かっこう》するけど……。

マリー・アントワネットさんが男《おとこ》の人《ひと》に説教《せっきょう》する。

「どうして身《み》を投《な》げようとしたの！」

男《おとこ》の人《ひと》は、ぜんぜん答《こた》えようとせず、まぶしいものを見《み》るようにマリー・アントワネットさんのことを見《み》つめていた。

どうしちゃったんだろう……。

ひょっとして、この男《おとこ》の人《ひと》、マリー・アントワネットさんに一目惚《ひとめぼ》れしちゃった⁉　たしかにマリー・アントワネットさんはかわいいと思《おも》う。かわいいと思《おも》うけど……いくらなんでも早《はや》すぎじゃない⁉

となりを見《み》ても、拓《た》っくんと亮平《りょうへい》くんは、この男《おとこ》の人《ひと》の視線《しせん》に気《き》づいてない。んもう、男《おとこ》の子《こ》は、これなんだから。

でも男《おとこ》の人《ひと》は、すぐに伏《ふ》し目《め》がちになって、か細《ぼそ》い声《こえ》を出《だ》した。

「あ、あなたのような高貴《こうき》なご婦人《ふじん》が、わたしのような庶民《しょみん》のことを心配《しんぱい》してくださるのですか？」

「身投《みな》げなんて、イヤなものを見《み》たくなかっただけよ。――さあ、どうしてなの。ちゃんとおっしゃい！」

男《おとこ》の人《ひと》は、欄干《らんかん》に両手《りょうて》をかけ、セーヌ川《がわ》を見下《みお》ろしながら、いった。

「えっと、パンを落《お》としてしまって。」

「パン？」

「ええ、ずっと食《た》べてなくて、そのパンで明日《あす》一日《いちにち》もたせないといけなくて。」

すると、マリー・アントワネットさんが、こともなげにいった。

「パンがなければ、お菓子《かし》を食《た》べればいいじゃない。」

このセリフ……このあと十何年《じゅうなんねん》か経《た》った一七八九年《ねん》、フランス革命《かくめい》が起《お》きたとき、食糧《しょくりょう》難《なん》に陥《おちい》った庶民《しょみん》が抗議《こうぎ》すべくベルサイユ宮殿《きゅうでん》に押《お》しかけたのをベランダから見下《みお》ろしながら、マリー・アントワネットさんがいったセリフだとばかり思《おも》いこんでいたけど、ちがってたの？

男《おとこ》の人《ひと》が口《くち》をとがらせながら、いう。

「パンを買《か》うこともできない庶民《しょみん》は、お菓子《かし》を買《か》うお金《かね》もないのです！　お菓子《かし》を買《か》うお金《かね》があったらパンを買《か》うのです！　優先順位《ゆうせんじゅんい》が、ぎゃ、逆《ぎゃく》です！」

「あら、そうなの？」

男《おとこ》の人《ひと》は、セーヌ川《がわ》を見下《みお》ろすのをやめて、マリー・アントワネットさんに頭《あたま》を下《さ》げた。

「なにはともあれ、ご心配《しんぱい》をおかけしました。わたしは、フェルディナンと申《もう》します。このパリで靴職人《くつしょくにん》をしています。」

「独身《どくしん》？」

「もちろんです。妻《つま》をめとることができるほど裕福《ゆうふく》ではありませんから。」

「フェルディナン」と名乗《なの》った男《おとこ》の人《ひと》は、そこで言葉《ことば》をいちど切《き》ってから、口《くち》を開《ひら》いた。

「失礼《しつれい》ですが、マダム、あなたのお名前《なまえ》は……。」

「マリーよ。」

マリー・アントワネットさん、思《おも》わず自分《じぶん》の名前《なまえ》をぜんぶいってしまうかと思《おも》ったけど、「マリー」でとどめた。庶民《しょみん》に向《む》かって素性《すじょう》を明《あ》かすのはまずいってこともわかっているみたい。けっこう機転《きてん》が利《き》くのね。

フェルディナンさんが怪訝《けげん》そうな顔《かお》をする。

「少《すこ》しなまりがあるように聞《き》こえますが……。」

わたしたちにはわからなかった。

マリー・アントワネットさんがいう。

「フランス生《う》まれじゃないから。」

「プロイセンですか？」

「オーストリアよ。」

「そういえば、何年《なんねん》か前《まえ》、オーストリアとフランスが同盟《どうめい》を結《むす》んだと聞《き》きました。」

その話《はなし》なら、さっきマリー・アントワネットさんもしてた。同盟《どうめい》の証《あかし》として、オーストリアから嫁《とつ》いできた、って。

わたしは、マリー・アントワネットさんにもフェルディナンさんにも聞《き》こえるように、たずねた。

「どうして、オーストリアとフランスは同盟《どうめい》を結《むす》んだんですか？」

マリー・アントワネットさんがそっとよそを向《む》いた。

フェルディナンさんが教《おし》えてくれる。

「最近《さいきん》、ヨーロッパではドイツ民族《みんぞく》がつくったプロイセンが力《ちから》をつけてきたので、それに対抗《たいこう》するため、それまで仲《なか》の悪《わる》かったオーストリア王朝《おうちょう》のハプスブルク家《け》と、フランス王《おう》朝《ちょう》のブルボン家《け》が同盟《どうめい》を結《むす》んだんだよ。」

「そういうことだったんですね？」

するとマリー・アントワネットさんが、よそを向《む》いたままいう。

「香里《かおり》、なに、つまらないこと話《はな》してるの。」

この話《はなし》の流《なが》れでいくと、「マリー」さんがマリー・アントワネットさんだとばれちゃう可能性《かのうせい》がある。それは、まずい。

ベルサイユ宮殿《きゅうでん》に住《す》む王太子妃《おうたいしひ》が、お付《つ》きもなしにパリの街《まち》をうろついているなんて知《し》れたら、まだSNS《エスエヌエス》や写真週刊誌《しゃしんしゅうかんし》がない時代《じだい》でも、大騒《おおさわ》ぎになるにちがいない。

わたしは、拓《た》っくんと亮平《りょうへい》くんに小声《こごえ》でいった。

「フェルディナンさんには、彼女《かのじょ》がマリー・アントワネットさんだっていうのは秘密《ひみつ》にしたほうがいいみたい。」

拓《た》っくんも亮平《りょうへい》くんもうなずく。

マリー・アントワネットさんが、わたしたちにいう。

「さ、香里《かおり》、拓哉《たくや》、亮平《りょうへい》、行《い》くわよ。」

「あのっ……。」

フェルディナンさんが、マリー・アントワネットさんを呼《よ》び止《と》める。

「なに？」

「心配《しんぱい》をおかけしたお詫《わ》びに、なにかさせてください。」

「だったら、オペラ座《ざ》に案内《あんない》してちょうだい。行《い》きたいんだけど、場所《ばしょ》を知《し》らないの。」

「わかりました。この橋《はし》を渡《わた》った、すぐ先《さき》だったと思《おも》います。」

「そう。悪《わる》いわね。」

そのときだった。

――「マダム！」

振《ふ》り返《かえ》ると、馬《うま》に乗《の》った、お付《つ》きのレオンさんが橋《はし》の端《はし》っこにいた。

「んもう！」

マリー・アントワネットさんは、足下《あしもと》にいたタイムを抱《だ》き上《あ》げると、オペラ座《ざ》があるというほうに向《む》かって走《はし》りはじめた。

「あの人《ひと》は？」

フェルディナンさんが、マリー・アントワネットさんの背中《せなか》にきく。

「なぜです？」

「わたくしを追《お》ってるのよ！」

「わたくしを連《つ》れもどそうとしているのよ！」

「ならば……。」

フェルディナンさんは、ポケットからなにか取《と》り出《だ》すと、駆《か》けてくる馬《うま》の足下《あしもと》に向《む》かって投《な》げつけた。

石畳《いしだたみ》にあたったそれが弾《はじ》け、馬《うま》をおどろかせ、乗《の》っているレオンさんを振《ふ》り落《お》とした。

フェルディナンさんが投《な》げたのは小石《こいし》だった。

落馬《らくば》したレオンさんは、懲《こ》りずに追《お》いかけようとしていたが、興奮《こうふん》している馬《うま》の手綱《たづな》をつかみながら地団駄《じだんだ》を踏《ふ》んでいた。

「やるじゃない！」

わたしがほめると、フェルディナンさんは照《て》れ笑《わら》いを浮《う》かべた。

先《さき》を走《はし》るマリー・アントワネットさんが振《ふ》り返《かえ》りながらいう。

「のんびりしてる場合《ばあい》？　行《い》くわよ！　すぐに馬《うま》で追《お》いかけてくるに決《き》まってるわ！」

わたしにつづいて、拓《た》っくんも、フェルディナンさんの背中《せなか》を押《お》しながら、いった。

「ほら、走《はし》って！」

「わ、わかった、わかった。」

「ほら、早《はや》く！　亮平《りょうへい》もな！」

「わかってるよ。」

5 洋服屋《ようふくや》さんでお着替《きが》え

「はあ、はあ、はあ……。」

わたしたちは、すっかり息《いき》が上《あ》がっていた。橋《はし》を渡《わた》ってまっすぐ走《はし》り、途中《とちゅう》から右《みぎ》に折《お》れ、左《ひだり》に折《お》れ……いくつ角《かど》を曲《ま》がったかわからない。

気《き》がついたときには商店《しょうてん》が並《なら》んでいるところに来《き》ていた。

タイムを抱《だ》いているマリー・アントワネットさんがウインドウに釘付《くぎづ》けになっている。

洋服屋《ようふくや》だ。

マリー・アントワネットさんが、フェルディナンさんを指《ゆび》さして、いった。

「着替《きか》えたいわ。」

「どうして、着替《きか》える必要《ひつよう》があるのです？　きれいなお召《め》し物《もの》ではありませんか。」

「服《ふく》を替《か》えれば、さっきみたいに見《み》つからずにすむでしょ。」

フェルディナンさんは、「合点《がってん》！」ってかんじで、右《みぎ》のこぶしで左《ひだり》の手《て》のひらをたたいた。でも首《くび》をかしげる。

「でも、店《みせ》、開《あ》いてますかね？」

「開《あ》いてる、開《あ》いてない、じゃないの。あなたが、お店《みせ》を開《あ》けさせるの。」

フェルディナンさんが自分《じぶん》を指《ゆび》さす。

「わたしが？」

「あたりまえでしょ。」

「わかりました……。」

フェルディナンさんが店《みせ》のドアをたたいた。

「だれかいますか？　お店《みせ》、開《あ》いてますか？」

「声《こえ》が小《ちい》さい。」

マリー・アントワネットさんが叱咤《しった》する。

「は、はい！　お店《みせ》、開《あ》けてください！」

しばらくすると、店《みせ》のドアが開《あ》いた。年《とし》のころ五十歳《さい》くらいの、でっぷりと太《ふと》った店主《てんしゅ》が顔《かお》をのぞかせた。

「もう寝《ね》かかっていたんだ。どうしたんだね。」

しゃべると、鼻《はな》の下《した》の金色《きんいろ》の口《くち》ひげがおもしろいように動《うご》く。

「こちらのご婦人《ふじん》が服《ふく》を欲《ほ》しいとおっしゃってまして。」

フェルディナンさんがいうと、店主《てんしゅ》はマリー・アントワネットさんの頭《あたま》の先《さき》から爪先《つまさき》まで、じっと見《み》てから手《て》をひらひらさせた。

「こんな高貴《こうき》なマダムに着《き》せる服《ふく》は置《お》いてないよ。」

マリー・アントワネットさんがいう。

「その『高貴《こうき》なご婦人《ふじん》』に見《み》えないようになりたいの。それから……。」

マリー・アントワネットさんは、わたしたち三人《にん》を指《ゆび》さす。

「この子《こ》たちの服《ふく》もちょうだい。」

「わかりましたが、お代《だい》は……。」

マリー・アントワネットさん、フェルディナンさんのほうを見《み》る。

「宮殿《きゅうでん》……お家《うち》を出《で》るとき、御者《ぎょしゃ》と門番《もんばん》……お手伝《てつだ》いに渡《わた》してしまったから、すっからかんよ。フェルディナン、お金《かね》を出《だ》しておいてちょうだい。」

フェルディナンさん、あわてて、顔《かお》の前《まえ》で手《て》をひらひらさせた。

「も、持《も》ってませんよ。だって、パンを買《か》うお金《かね》もないんですよ。」

「困《こま》ったわね。」

そこで店主《てんしゅ》がまくしたてはじめた。

「マダム。こちらのムッシュのいうとおり、どこもここも不景気《ふけいき》なんでさ。」

店主《てんしゅ》が、マリー・アントワネットさんの全身《ぜんしん》をもういちど見《み》て、ちょっと顔《かお》つきが変《か》わった。にやりとする。

「お代《だい》についてですがね、マダムが、いま、お召《め》しになっているお洋服《ようふく》と交換《こうかん》ということで……。」

「いいわよ。」

マリー・アントワネットさんがこともなげに即答《そくとう》した。

店主《てんしゅ》の顔《かお》がいきなりほころび、両手《りょうて》を揉《も》みはじめた。

そりゃそうだろう。マリー・アントワネットさんが着《き》てる服《ふく》は、ぜったい！　高価《こうか》！

それにひきかえ、この時代《じだい》の街《まち》の洋服屋《ようふくや》さんに高価《こうか》な服《ふく》が置《お》いてあるとは思《おも》えない。

たとえが悪《わる》いかもしれないけど、安《やす》い浴衣《ゆかた》四着《ちゃく》と十二単《じゅうにひとえ》一着《ちゃく》を交換《こうかん》するようなもの？

店主《てんしゅ》からすれば、こんなに得《とく》なことはない。

「ささ、どうぞ。」

店主《てんしゅ》は、ドアを開《ひら》いたまま半身《はんみ》になって、わたしたちを招《まね》き入《い》れた。

ろうそくの明《あ》かりだけなので、とても暗《くら》くかんじる。服《ふく》の色《いろ》も、ちゃんとわからない。昼間《ひるま》、太陽《たいよう》の日差《ひざ》しが入《はい》るときに買《か》ったほうがいいと思《おも》うんだけど、いまは急《いそ》いでるんだからしかたない。

店《みせ》のなかには申《もう》し訳《わけ》ていどに、籐《とう》でできたハンガーに掛《か》けられた服《ふく》が並《なら》べられている。

壁《かべ》ぎわには、バイオリン、鞘《さや》のついたサーベル、トランク、馬具《ばぐ》……など、いろんなものが雑多《ざった》に置《お》かれている。

ここ、ほんとうに洋服屋《ようふくや》!?

わたしの視線《しせん》に気《き》づいたのか、店主《てんしゅ》がいった。

「洋服代《ようふくだい》を払《はら》えない人《ひと》が、いろんなものをかわりに置《お》いていくんだよ。」

「なるほど。」

マリー・アントワネットさんは、並《なら》んでいる服《ふく》のなかの一着《いっちゃく》を指《ゆび》さした。

「これがいいわ。」

さっきまで着《き》ていた黒《くろ》のドレスではなく、ベージュというか薄《うす》いピンクを基調《きちょう》として、花柄《はながら》の入《はい》った、白《しろ》いレースのフリルがついたドレスだった。帽子《ぼうし》も白《しろ》いものにかわった。じっさいに見《み》たことはないけど、宮殿《きゅうでん》で働《はたら》く女《おんな》の子《こ》が着《き》るような質素《しっそ》な服装《ふくそう》といえばいいのかな。

さらにマリー・アントワネットさんは、わたしには真《ま》っ赤《か》なドレス、拓《た》っくんには黒《くろ》いジャケットとズボンと灰色《はいいろ》のシャツ、亮平《りょうへい》くんには茶色《ちゃいろ》のベストと半《はん》ズボンと白《しろ》いシャツ、さらに、それぞれに見合《みあ》った靴《くつ》も出《だ》させた。

スタイリストのマリー・アントワネットさんにコーディネートしてもらったかんじ。庶《しょ》民向《みんむ》けの服《ふく》だというのに、とってもセンスにあふれていた。

わたしたちは、店内《てんない》で男女《だんじょ》に分《わ》かれて着替《きか》えた。

マリー・アントワネットさんが、わたしたちにきいてくる。

「どう？」

「すてきです。」

「あなたたちが着《き》てた服《ふく》、すてきだったけど、この店主《てんしゅ》にあげちゃうわよ。」

「はい……。」

困《こま》るけど、そう返事《へんじ》するしかなかった。

店主《てんしゅ》は、わたしたちが脱《ぬ》いだ服《ふく》を、ものすごく興味深《きょうみぶか》そうに見《み》ている。でもあまり詳《くわ》しく見《み》られると、十八世紀《せいき》のフランスにあってはならないものだってわかっちゃう……。

そのとき、亮平《りょうへい》くんのおなかが鳴《な》った。

マリー・アントワネットさんが、店主《てんしゅ》にいった。

「わたくしたちに、なにか食《た》べさせてちょうだい。」

「そ、そりゃあもう……。」

香里《かおり》クイズ

Q《キュー》．フランスで生《う》まれた、だるまのようなかたちをした菓子《かし》パンをなんという？

A《エー》　ブリオッシュ
B《ビー》　クロワッサン
C《シー》　フランスパン

ふつうなら、こんな夜中《よなか》に押《お》しかけてこられたら困《こま》るというか怒《おこ》ると思《おも》うんだけど、店主《てんしゅ》はマリー・アントワネットさんの高《たか》そうな服《ふく》が手《て》に入《はい》ったものだから満面《まんめん》に笑《え》みを浮《う》かべている。

「マダム、どうぞ、奥《おく》へ。」

「ご主人《しゅじん》、ご家族《かぞく》が寝《ね》ているのではありませんか？」

フェルディナンさんがたずねる。

「独《ひと》り身《み》ですから。——それから、お出《だ》しできる食《た》べ物《もの》はブリオッシュだけですが。」

「ブリオッシュ!? そんな上等《じょうとう》なもの、いいんですか?」

「いいんです、いいんです。どうぞ、どうぞ。」

店主《てんしゅ》は、わたしたちを奥《おく》の部屋《へや》に通《とお》してくれた。

小《ち》さめのテーブルに、背《せ》もたれのある椅子《いす》が四つ置《お》かれていた。店主《てんしゅ》が、部屋《へや》の隅《すみ》からもうひとつ、背《せ》もたれのない椅子《いす》を持《も》ってきてくれて、片側《かたがわ》に椅子《いす》を増《ふ》やしてくれた。

マリー・アントワネットさんとフェルディナンさんが並《なら》び、向《む》かいにわたしたち三人《にん》が腰《こし》かけた。背《せ》もたれのない椅子《いす》には拓《た》っくんがすわった。

店主《てんしゅ》がすぐに籐《とう》のかごに盛《も》ったブリオッシュを出《だ》してくれた。

亮平《りょうへい》くんがブリオッシュをひとつ手《て》に取《と》る。

「わ、デベソみたいだ。」

それを聞《き》いて、わたしはいった。

「それをいうなら、だるまみたい、じゃない?」

「そうかもそうかも。でも、なんでもいいや。」

亮平《りょうへい》くんは、ブリオッシュにかぶりつくなり、さけんだ。

「美味《うま》い！　美味《うま》いよ！」

もう片方《かたほう》の手《て》にもブリオッシュを取《と》って、左右《さゆう》かわりばんこに食《た》べはじめた。

「ちょっと、亮平《りょうへい》くん、お行儀悪《ぎょうぎわる》すぎるわよ。」

「だって、美味《うま》いんだもん。」

わたしは、マリー・アントワネットさんにあやまった。

「お行儀悪《ぎょうぎわる》くて、ごめんなさい。どうぞ、取《と》ってください。」

「いいのよ、あなたたちが先《さき》に食《た》べて。」

拓《た》っくん、つづいてわたしが手《て》に取《と》ってから、フェルディナンさん、最後《さいご》にマリー・アントワネットさんが手《て》に取《と》った。

店主《てんしゅ》が出《だ》してくれたブリオッシュは、小麦粉《こむぎこ》の風味《ふうみ》、バターの香《かお》りが立《た》っていて、とってもおいしい菓子《かし》パンだった。さっき、フェルディナンさんもいってたけど、この時代《じだい》の庶民《しょみん》には高級品《こうきゅうひん》なんだろうな……。

「クゥ〜ン。」

マリー・アントワネットさんのところから、わたしの足下《あしもと》にもどってきていたタイムが鳴《な》く。

わたしは、ブリオッシュをちぎって、タイムの口《くち》に放《ほう》りこんであげた。

タイムは、尻尾《しっぽ》をぶんぶん振《ふ》りながら、のみこむような勢《いきお》いで食《た》べる。

「そんなにおいしいの？」

「ワン！」

「そんなに急《いそ》いで食《た》べたら身体《からだ》に悪《わる》いわよ。」

「クゥ～ン……。」

「だいいち、カロリー高《たか》いから……。」

もぐもぐしているタイムの動《うご》きが止《と》まる。

タイムと目《め》が合《あ》う。

「……太《ふと》るわよ。……。」

一瞬《いっしゅん》、うなるような声《こえ》を出《だ》してから、また口《くち》を動《うご》かしはじめた。

「太《ふと》っても知《し》らないからね。」

亮平《りょうへい》の料理教室《りょうりきょうしつ》

ブリオッシュの作《つく》り方《かた》

1、牛乳《ぎゅうにゅう》に、卵《たまご》、砂糖《さとう》を入《い》れてまぜ、レンジであたためる。
2、ドライイーストをふりかけて少《すこ》し置《お》く。
3、レンジでチンしておいた溶《と》かしバターをくわえてまぜる。
4、3に強力粉《きょうりきこ》と塩《しお》をくわえて、へらなどでこねる。
5、ラップしてオーブンで発酵《はっこう》させ、ふくら

ませる。
6、発酵《はっこう》させた生地《きじ》をこねて、ガスを抜《ぬ》く。
7、型《かた》に分《わ》けて入《い》れて、もういちどオーブンで発酵《はっこう》させる。だるまのようなかたちにしたいときは、生地《きじ》の上部《じょうぶ》を少《すこ》し伸《の》ばしてひねっておく。
8、予熱《よねつ》したオーブンで焼《や》く。

わたしとタイムのやりとりを聞《き》いて、亮平《りょうへい》くんが笑《わら》う。

「だって、美味《うま》いもんなあ。なあ、タイム。」

「ワン！」

マリー・アントワネットさんがいったとされる「パンがなければお菓子《かし》を食《た》べればいいのに。」という「お菓子《かし》」は、このブリオッシュのことだという説《せつ》もあるらしい。

マリー・アントワネットさんが、立《た》っている店主《てんしゅ》にきいた。

「これ、あなたが作《つく》ったの？」

「とんでもねえ。」

「じゃあ、買《か》ったの？」

「そんなお金《かね》ありやせん。——洋服《ようふく》の修繕代《しゅうぜんだい》のかわりにパン屋《や》が持《も》ってきたんでさ。」

「手《て》に職《しょく》があると、役《やく》に立《た》つこともあるのね。」

「いちおう仕事《しごと》ですから。」

「お洋服作《ようふくづく》りは趣味《しゅみ》だったの？」

「マダム。趣味《しゅみ》を仕事《しごと》にするもんじゃありやせん。」

「あら、そういうもの？」

「そういうものですよ。だって、趣味《しゅみ》を仕事《しごと》にしたら、一日《いちにち》じゅう仕事《しごと》することになっちまって、いつ息抜《いきぬ》きをすればいいんです？」

「そういう考《かんが》え方《かた》もあるのね。」

「趣味《しゅみ》を仕事《しごと》にしている庶民《しょみん》なんて、ほとんどいませんよ。」

「楽《たの》しいことを仕事《しごと》にすればいいのに。」

「仕事《しごと》を選《えら》ぶのって、そんな自由気《じゆうき》ままなもんじゃありやせん。そんなことをいっていたら、人《ひと》がやりたがらない仕事《しごと》に就《つ》く人《ひと》がいなくなって、世《よ》の中《なか》がまわらなくなりますよ。」

「ふぅ〜ん、そういうものなのね。」

マリー・アントワネットさんは、むずかしい話《はなし》は、あまり興味《きょうみ》なさそう。

店主《てんしゅ》がつづける。

「だいいち、こちとら庶民《しょみん》は、食《く》うだけでせいいっぱいで。」

マリー・アントワネットさんが、フェルディナンさんにいう。

「そういえば、あなたも、そんなことといってたわね。」

「そんなこと？」

「お菓子《かし》を買《か》うお金《かね》があったらパンを買《か》う、って。」

「それが庶民《しょみん》というものです。」

「ふぅん、たいへんなのね。」

立《た》っている店主《てんしゅ》がため息《いき》をつきながら天井《てんじょう》を見上《みあ》げ、お手上《てあ》げをするような身《み》ぶり手《て》ぶりで、さけんだ。

「ったく！　お金《かね》がないのは、王室《おうしつ》のせいだ！　われわれ庶民《しょみん》は、パンを買《か》う金《かね》もなくて困《こま》っているというのに、宮廷《きゅうてい》の人《ひと》たちは、とくにオーストリアからやってきた王太子妃《おうたいしひ》はぜいたく三昧《ざんまい》だそうじゃないか！」

いきなり政治《せいじ》にたいする不満《ふまん》が爆発《ばくはつ》した。

マリー・アントワネットさんの眉《まゆ》と頰《ほお》がぴくぴく動《うご》いたかと思《おも》ったら、さけんだ。

「宮廷《きゅうてい》のことをじっさいに見《み》もしないで、よくも……！」

わたしは、あわてて立《た》ち上《あ》がって前《まえ》かがみになると、マリー・アントワネットさんの口《くち》に両手《りょうて》をあてて、止《と》めた。

マリー・アントワネットさんが、わかったわかったってかんじでうなずくので、わたしは両手《りょうて》を引《ひ》っこめた。

マリー・アントワネットさんが籐《とう》のかごを店主《てんしゅ》のほうにやりながら、いった。

「ごめんなさいね、わたくしったら興奮《こうふん》したりして。——みんなでブリオッシュを食《た》べてしまって、ごめんなさいね。ご主人《しゅじん》、あなたの食《た》べるものがなくなってしまうわね。」

「そんな、めっそうも。——それより、そんな服《ふく》でよろしかったので。」

「ええ。いいわ。」

「でも、粗末《そまつ》、いや、質素《しっそ》な服《ふく》を着《き》ても、美貌《びぼう》は変《か》わりはありやせんね。」

「目立《めだ》つ？」

「ええ。」

「え〜、困《こま》ったわ。目立《めだ》ちたくないのに。——そうだわ、なにか、仮面《かめん》はないかしら。」

店主《てんしゅ》が、口《くち》をぽかんと開《あ》ける。

「か、仮面《かめん》ですか？　そんなものをつけると、ますます目立《めだ》ってしまいますよ。」

「どうして？　だって噂《うわさ》によれば、オペラ座《ざ》でよく仮面舞踏会《かめんぶとうかい》をやってると聞《き》くわよ。」

「いやいや、それは、オペラ座《ざ》にいる全員《ぜんいん》が仮面《かめん》をかぶっているから目立《めだ》たないわけで、街中《まちなか》で仮面《かめん》をかぶったら、かえって目立《めだ》ってしまいますよ。」

マリー・アントワネットさん、きょとんとした顔《かお》をしてから、目《め》をしばたたかせる。

わたしは、仮面舞踏会《かめんぶとうかい》を想像《そうぞう》した。

貴族《きぞく》をはじめ、高貴《こうき》な男女《だんじょ》が正体《しょうたい》を隠《かく》してダンスを踊《おど》っているシーン……。

マリー・アントワネットさんは顔《かお》の上半分《うえはんぶん》を隠《かく》す仮面《かめん》をかぶってる……。

ダメダメ。どんなに仮面《かめん》をかぶっても、マリー・アントワネットさんのかわいらしさが際《きわ》だって、男《おとこ》の人《ひと》たちが寄《よ》ってきちゃう！

「そういえば、そうね。――なら、仮面《かめん》はいらないわ。」

ブリオッシュを食《た》べおえたところで、マリー・アントワネットさんが店主《てんしゅ》にきいた。

「オペラ座《ざ》はどこ？」

「すぐそこの、サントノーレ通《どお》りです。」

わたしは店主《てんしゅ》にきいた。

「ここはパリ何区《なんく》ですか？」

「は？」

店主《てんしゅ》が、きょとんとした顔《かお》になる。

以前《いぜん》、パリ観光《かんこう》をしたとき、パパやママの話《はなし》のなかによく「パリ○区《く》」っていう言葉《ことば》が出《で》てきていたからだ。

亮平《りょうへい》の豆知識《まめちしき》

パリの区《く》

パリに区《く》ができたのは一七九五年《ねん》。ぼくたちがタイムスリップしたときから二十二年後《ねんご》のことなんだ。さらに一八六〇年《ねん》に区分《くぶん》があらためられたらしいよ。

一八六〇年以降《ねんいこう》の区分《くぶん》は、パリの中心部《ちゅうしんぶ》、ノートルダム大聖堂《だいせいどう》があるシテ島《とう》あたりが一区《く》で、二区以降《くいこう》は、中心《ちゅうしん》から外《そと》へ右《みぎ》まわりの螺旋状《らせんじょう》に数《かず》が増《ふ》えていくかんじになってるんだ。


そのとき——。

店主《てんしゅ》が、唇《くちびる》の前《まえ》に人差《ひとさ》し指《ゆび》を立《た》ててから、耳《みみ》をすませるしぐさをした。

「どうしたの？」

マリー・アントワネットさんがきくと、店主《てんしゅ》が小声《こごえ》でいった。

「おもてに、だれかいやすね。」

「えっ……。」

店主《てんしゅ》は、部屋《へや》から廊下《ろうか》に出《で》て、店《みせ》のほうをうかがい、また、すぐにもどってきた。

「まちがいありやせん。馬《うま》に乗《の》っただれかが、この店《みせ》を見張《みは》ってやす。ひづめの音《おと》もしましたからまちがいありやせん。」

そして店主《てんしゅ》は、マリー・アントワネットさんのほうを見《み》る。

「マダム、だれかに追《お》われていやすので？」

「わたくしはパリの街《まち》を自由《じゆう》に歩《ある》きたいのに、連《つ》れもどそうとしている者《もの》がいるの。」

「でしたら、こちらへ。——音《おと》をたてないで。」

店主《てんしゅ》は、わたしたちを家《いえ》の奥《おく》に案内《あんない》してくれた。

奥《おく》にある小《ちい》さな勝手口《かってぐち》のドアを指《ゆび》さす。

「あそこから出《で》てくだせえ。」

マリー・アントワネットさんは礼《れい》をいった。

「ありがとう。恩《おん》に着《き》るわ。」

「めっそうも。」

フェルディナンさんが、勝手口《かってぐち》のドアをそっと開《あ》け、店《みせ》の裏《うら》のようすをうかがってから、顔《かお》をなかに向《む》けた。

「裏《うら》には、だれもいません。」

「ほんとうね？」

「はい。」

マリー・アントワネットさんが、ドレスをつまんですそをあげ、勝手口《かってぐち》から出《で》ようとしたときだった。

マリー・アントワネットさんの身体《からだ》が押《お》しもどされた。

フェルディナンさんの声《こえ》が響《ひび》く。

「裏《うら》にまわられました。」

「んもう！」

「すみません……。」

あやまりながら、勝手口《かってぐち》からもどってくるフェルディナンさんに、わたしもいった。

「フェルディナンさん、しっかりしてください。」

「ごめん、ごめん。だれもいないと思《おも》ったんだよ。でもひづめの音《おと》がしたんだ。」

「急《いそ》いで！」

マリー・アントワネットさんに急《せ》かされて、わたしたちは店《みせ》の出入《でい》り口《ぐち》に急《いそ》いだ。

いま、タイムは、わたしの足下《あしもと》を走《はし》っている。

わたしたちのうしろから、店主《てんしゅ》の声《こえ》が聞《き》こえてくる。

「お気《き》をつけて。また服《ふく》を交換《こうかん》したくなったら、おいでください。」

マリー・アントワネットさんが店主《てんしゅ》を見《み》ながらお辞儀《じぎ》をした。

「着替《きか》えさせてくださって、ブリオッシュまでいただいて、どうもありがとう。」

店主《てんしゅ》が、顔《かお》をぽっと赤《あか》らめる。

店《みせ》を出《で》ながら、マリー・アントワネットさんがつぶやく。

「さあ、フェルディナン、オペラ座《ざ》に連《つ》れていってちょうだい。」

「お連《つ》れしたいんですが……。」

「なによ。」

「また、見《み》つかりました。走《はし》りますよ。」

「冗談《じょうだん》じゃないわよ！　これじゃ、せっかく着替《きか》えた意味《いみ》がないじゃないの！　ほんと、役立《やくた》たずなんだから！」

「ごめんなさい。」

頭《あたま》をぽりぽりかくフェルディナンさん、バツが悪《わる》そうに笑《え》みを浮《う》かべた。

6 リアルな鬼《おに》ごっこ

「こっちです！」

フェルディナンさんが先頭《せんとう》を走《はし》りながら、パリの街《まち》の角々《かどかど》を曲《ま》がるたびに、わたしたちを先導《せんどう》してくれている。

洋服屋《ようふくや》さんで履《は》きかえて、すぐは気《き》づかなかったけど、革製《かわせい》の靴《くつ》は走《はし》りにくい。やっぱりスニーカーじゃないと。しかもコンクリートとちがって石畳《いしだたみ》はゴツゴツしてて、ときどき爪先《つまさき》がひっかかって転《ころ》びそうになる。

背後《はいご》からは、不規則《ふきそく》なひづめの音《おと》が聞《き》こえてくる。フェルディナンさんがひんぱんに角《かど》を曲《ま》がるから、レオンさんは馬《うま》をあやつるのに苦労《くろう》しているにちがいない。これでうまく、まくことができるといいんだけど。

気《き》がつくと、目《め》の前《まえ》にはセーヌ川《がわ》が流《なが》れていた。すぐそばには、さっき渡《わた》ったばかりのロワイヤル橋《ばし》。

なんだ、もといた場所《ばしょ》にもどっただけだったんだ……。

耳《みみ》をすます。

セーヌ川《がわ》のせせらぎにまざって、遠《とお》くからひづめの音《おと》が聞《き》こえてくる。その音《おと》が近《ちか》づいているのがわかる。

来《き》た……。

「走《はし》れ！　走《はし》れ！　走《はし》るんだ！」

フェルディナンさんが手招《てまね》きする。

フェルディナンさんの視線《しせん》の先《さき》を追《お》って肩越《かたご》しに振《ふ》り返《かえ》ると、はるか遠《とお》くに路地《ろじ》から出《で》てくる馬《うま》の姿《すがた》が見《み》えた。

レオンさんに捕《つか》まったら、マリー・アントワネットさんの願《ねが》いをかなえてあげられなくなっちゃう！

相手《あいて》は馬《うま》だ。すぐに追《お》いつかれちゃう！

もっと速《はや》く、走《はし》らなきゃ！

香里《かおり》クイズ

Q《キュー》．ルーブル美術館《びじゅつかん》のもとになった建物《たてもの》は？

A《エー》 ルーブル教会《きょうかい》

B《ビー》 ルーブル牢獄《ろうごく》

C《シー》 ルーブル宮殿《きゅうでん》

わたしのすぐうしろから、亮平《りょうへい》くんの息切《いきぎ》れした声《こえ》が聞《き》こえてくる。

「はあ……はあ……脇腹《わきばら》、痛《いた》い。」

亮平《りょうへい》くんのうしろから、拓《た》っくんがツッコミを入《い》れる。

「おまえ、さっきのパン、食《た》べすぎだよ。だから脇腹《わきばら》が痛《いた》いんだよ。」

「だな、だな。」

「素直《すなお》じゃん。気持《きも》ち悪《わる》い。」

「気持《きも》ち悪《わる》いとはなんだよー。」

フェルディナンさんに先導《せんどう》されながら、わたしの前《まえ》を走《はし》っているマリー・アントワネットさんが振《ふ》り返《かえ》りながら、いう。

「男子《だんし》ふたり！　速《はや》く、走《はし》りなさい！」

「はい！」

拓《た》っくんと亮平《りょうへい》くんはハモって返事《へんじ》をした。

振《ふ》り返《かえ》ると、レオンさんを乗《の》せた馬《うま》は五十メートルくらいのところまで近《ちか》づいていた。

先頭《せんとう》を走《はし》るフェルディナンさんが、まわれ右《みぎ》をしてわたしたちの横《よこ》を通《とお》りすぎると立《た》ち止《ど》まり、上着《うわぎ》のポケットから小石《こいし》を取《と》り出《だ》して、馬《うま》のほうに向《む》かって投《な》げつけた。

石畳《いしだたみ》にあたった石《いし》が、硬《かた》く冷《つめ》たい音《おと》をたてる。

カーン！　カーン！

石《いし》が不規則《ふきそく》に跳《は》ねながら、馬《うま》に近《ちか》づいていく。

「ヒヒーン！」

前足《まえあし》を高《たか》く上《あ》げた馬《うま》の上《うえ》で、レオンさんがさけんでいる。

「暴《あば》れるな！　しずまれ！　落《お》ちるだろ！　しずまれ！　どうどう！」

ふたたび先頭《せんとう》に立《た》ったフェルディナンさんがいう。

「いまのうちだ。走《はし》れ！　走《はし》れ！」

振《ふ》り返《かえ》ると、興奮《こうふん》した馬《うま》が首《くび》を振《ふ》って反対方向《はんたいほうこう》へ走《はし》りだそうとするのを、レオンさんが必死《ひっし》で押《お》さえているのが見《み》えた。

いまのうちに、もっと離《はな》れなきゃ！

石畳《いしだたみ》を走《はし》る。

わたしたちの靴音《くつおと》が響《ひび》く。

パリの夜《よる》は、ひんやりと冷《つめ》たい。足下《あしもと》が石畳《いしだたみ》だから、よけいにそう感《かん》じる。

セーヌ川《がわ》とは反対《はんたい》の左側《ひだりがわ》に、石造《いしづく》りの三階建《がいだ》ての長《なが》い建物《たてもの》がつづいているのがわかる。

色《いろ》は薄《うす》い茶色《ちゃいろ》？　ベージュ色《いろ》？

走《はし》りながら、わたしは、小学校低学年《しょうがっこうていがくねん》のころのことを思《おも》い出《だ》していた。

「たしか、このあたりって……。」

フェルディナンさんが答《こた》えてくれた。

「ルーブル宮殿《きゅうでん》だよ。フランス国王一家《こくおういっか》がベルサイユに移《うつ》る前《まえ》まで、テュイルリー宮殿《きゅうでん》と併設《へいせつ》されていたんだ。」

このルーブル宮殿《きゅうでん》が、のちにルーブル美術館《びじゅつかん》になるのね……。

亮平《りょうへい》の豆知識《まめちしき》

ルーブル宮殿《きゅうでん》

セーヌ川沿《がわぞ》いにあった旧王宮《きゅうおうきゅう》。十三世紀《せいき》にフィリップ二世《せい》が城塞《じょうさい》として建造《けんぞう》したんだ。以後《いご》、改修《かいしゅう》・増築《ぞうちく》を重《かさ》ねて、十九世紀《せいき》のナポレオン三世《せい》の時代《じだい》に現在《げんざい》のかたちになったんだ。いまは大部分《だいぶぶん》がルーブル美術館《びじゅつかん》になってるよ。

テュイルリー宮殿《きゅうでん》

ルーブル宮殿《きゅうでん》に隣接《りんせつ》していた旧王宮《きゅうおうきゅう》。アンリ二世《せい》の妃《きさき》カトリーヌ・ド・メディシスが十六世紀後半《せいきこうはん》に造《つく》らせたんだ。のちに増築《ぞうちく》がくりかえされ、フランス革命《かくめい》のとき、パリの民《みん》衆《しゅう》が占拠《せんきょ》したことで知《し》られているよ。

豪壮《ごうそう》なルーブル宮殿《きゅうでん》を左《ひだり》に見上《みあ》げ、右《みぎ》に流《なが》れるセーヌ川《がわ》のせせらぎを聞《き》きながら走《はし》っていると、ようやく次《つぎ》の橋《はし》が見《み》えてきた。

橋《はし》の両端《りょうたん》に支柱《しちゅう》に吊《つ》るされたランプが灯《とも》っているので、そこそこ明《あか》るい。

先頭《せんとう》を走《はし》るフェルディナンさんが右《みぎ》に折《お》れて、橋《はし》を渡《わた》りはじめる。

「この橋《はし》は、なんていうの？」

マリー・アントワネットさんがきくと、フェルディナンさんが教《おし》えてくれた。

「ポンヌフ（新《あたら》しい橋《はし》）。」

橋《はし》を渡《わた》りはじめると、うしろから拓《た》っくんがきいてきた。

「セーヌ川《がわ》の幅《はば》にくらべると、橋《はし》が短《みじか》いんだけど。」

「途中《とちゅう》で川《かわ》に浮《う》かんでいるシテ島《とう》を通過《つうか》している橋《はし》だから短《みじか》く見《み》えるんだよ。——さ、急《いそ》いで。島《しま》に渡《わた》るよ。」

拓哉《たくや》の豆知識《まめちしき》

シテ島《とう》

セーヌ川《がわ》の中州《なかす》の島《しま》。いまはパリ一区《く》と四区《く》に属《ぞく》しているよ。かつては民家《みんか》や教会《きょうかい》が多《おお》かったけど、そのあと警視庁《けいしちょう》、公立病院《こうりつびょういん》、裁判所《さいばんしょ》など公共建造物《こうきょうけんぞうぶつ》が大部分《だいぶぶん》を占《し》めているんだ。島《しま》の東端《とうたん》には、ノートルダム大聖堂《だいせいどう》があるよ。


でも、でも島《しま》に渡《わた》ると、逃《に》げ場《ば》がなくなるんじゃ……。

そう思《おも》ったけど、いまは反対《はんたい》している時間的余裕《じかんてきよゆう》はなかった。

フェルディナンさんは、橋《はし》を渡《わた》ってすぐ左《ひだり》に折《お》れた。

先《さき》は、とっても暗《くら》かった。

わたしたちは、足《あし》の運《はこ》びが少《すこ》しゆっくりになっていた。

ずっと走《はし》ってきたから、少《すこ》し休憩《きゅうけい》したかった。亮平《りょうへい》くんは「ぜえぜえ」いいながら、拓《た》っくんに背中《せなか》を押《お》されて、なんとか走《はし》っている。

パカラッ、パカラッ、パカラッ、パカラッ……。

ひづめの音《おと》！

「ひっ！」

亮平《りょうへい》くんの喉《のど》が鳴《な》るのがわかった。

わたしたちは、いちど立《た》ち止《ど》まると、いっせいに振《ふ》り返《かえ》った。

パカラッ、パカラッ、パカラッ、パカラッ、パカラッ……。

レオンさんを乗《の》せた馬《うま》の姿《すがた》は見《み》えないけど、たしかに近《ちか》づいてきている。

先頭《せんとう》のフェルディナンさんが、マリー・アントワネットさん、そして、わたしたちにいう。

「靴音《くつおと》をたてたら、居場所《いばしょ》がわかってしまう。だから、できるだけ靴音《くつおと》をたてないように走《はし》って。」

左《ひだり》にセーヌ川《がわ》を見《み》ながら、わたしたちは、できるだけ静《しず》かに走《はし》った。

わたしの前《まえ》を走《はし》っているマリー・アントワネットさんが、右側《みぎがわ》の建物《たてもの》を見上《みあ》げる。

石造《いしづく》りの建物《たてもの》だ。四階建《かいだ》て、ううん、三階建《がいだ》てに屋根裏部屋《やねうらべや》の窓《まど》がついているんだ……。ところどころに円柱形《えんちゅうけい》の塔《とう》がある。

なんていうか……。

マリー・アントワネットさんが、わたしがいいたいことを代弁《だいべん》してくれた。

「なんか、不気味《ぶきみ》なところだわ。」

先頭《せんとう》を走《はし》るフェルディナンさんが、すぐに答《こた》える。

「牢獄《ろうごく》ですから。」

えっ！　ここ、牢獄《ろうごく》なの！

マリー・アントワネットさんが、ジョギングぐらいの速《はや》さまでスピードをゆるめて、つぶやく。

「牢獄《ろうごく》？」

フェルディナンさんが、後方《こうほう》を気《き》にしながら説明《せつめい》する。その顔《かお》は、ちょっと、いらっとしてる？

「もともとはシテ宮《きゅう》という宮殿《きゅうでん》でしたが、いまはコンシェルジュリーという牢獄《ろうごく》になっているのです。」

亮平《りょうへい》の豆知識《まめちしき》

コンシェルジュリー

シテ島《とう》にあった旧王宮《きゅうおうきゅう》。一三七〇年《ねん》ごろから監獄《かんごく》になったんだ。マリー・アントワネットさんが二回目《かいめ》に入《はい》ることになる牢獄《ろうごく》だよ。語源《ごげん》は、門衛《もんえい》が「コンシェルジュ」と呼《よ》ばれていたから。コンシェルジュって、いまでは、ホテルで観光《かんこう》スポットの案内《あんない》やチケットの準備《じゅんび》などをしてくれるスタッフのことだよね。

フェルディナンさんのいった「牢獄《ろうごく》」の二文字《もじ》で、わたしは、マリー・アントワネットさんの人生《じんせい》の行《ゆ》く末《すえ》を思《おも》っていた。

マリー・アントワネットさんはフランス革命《かくめい》のさなか、ギロチンにかけられて処刑《しょけい》されてしまう。

そんな最期《さいご》を迎《むか》えるマリー・アントワネットさんが、ベルサイユ宮殿《きゅうでん》をちょっと抜《ぬ》けだして、お忍《しの》びでパリに来《き》てる……。

いまだけでも自由《じゆう》にさせてあげたい、って思《おも》ってしまうのは、わたしだけ？

マリー・アントワネットさんのスピードに合《あ》わせて足《あし》の運《はこ》びをゆるめながら、わたしは、拓《たく》っくんと亮平《りょうへい》くんに小声《こごえ》できいた。

「マリー・アントワネットさんが最期《さいご》どうなるかは……。」

拓《た》っくんがうなずく。

「……知《し》ってる。マリー・アントワネットさんには自由《じゆう》にさせてあげたいよ。」

息切《いきぎ》れしながら、亮平《りょうへい》くんもいう。

「レオンさんに邪魔《じゃま》されちゃかわいそうだよ。」

そんなわたしたちをよそに、マリー・アントワネットさんが、げっそりしたような顔《かお》でいう。

「いやなところね。こんな牢獄《ろうごく》って、いったい、どんな人《ひと》が入《い》れられるのかしら。想像《そうぞう》もつかないわ。入《い》れられる人《ひと》の顔《かお》を見《み》てみたいものだわ。」

マリー・アントワネットさん、それは、あなたです……。

でも、いまのマリー・アントワネットさんは、自分《じぶん》の未来《みらい》を知《し》らない。知《し》ってるのは、わたしたち三人《にん》だけ……。

ふたたび走《はし》るスピードを速《はや》めながら、マリー・アントワネットさんがフェルディナンさんにたずねる。

「ねえ、このまま、まっすぐ行《い》ったら、どうなるの？」

「さあ、どうだったかな。」

「さあ、じゃないわよ！」

「すみません。――あ、右《みぎ》を見《み》てください。ノートルダム大聖堂《だいせいどう》です。」

白《しろ》い石造《いしづく》りのノートルダム大聖堂《だいせいどう》が、いまは黒《くろ》いシルエットになっている。

わたしたちは、ノートルダム大聖堂《だいせいどう》を脇《わき》から見《み》ている。

マリー・アントワネットさんはそっぽを向《む》く。

「興味《きょうみ》ないわよ。教会《きょうかい》みたいに堅苦《かたくる》しいものは見《み》たくないの……。」

そして、マリー・アントワネットさんはつぶやいた。

「……宮殿《きゅうでん》を思《おも》い出《だ》しちゃうのよ。」

そして、大《おお》きな声《こえ》でいう。

「とにかく、イ、ヤ、なの。」

「すみません。」

フェルディナンさん、頭《あたま》をぽりぽりかく。

「わたくしは、オペラ座《ざ》に行《い》きたいの！　何度《なんど》いわせたら気《き》がすむわけ？」

「でも、ずっと、追《お》われているので、なかなか着《つ》きませんよ。」

パカラッ、パカラッ、パカラッ、パカラッ……。

――「ひっ！」

また亮平《りょうへい》くんの喉《のど》が鳴《な》り、最後尾《さいこうび》を走《はし》っている拓《た》っくんが小声《こごえ》でさけんだ。

――「来《き》た！」

わたしたちは、ふたたび走《はし》るスピードをあげた。

マリー・アントワネットさんが、フェルディナンさんを急《せ》かす。

「早《はや》く、あの男《おとこ》をまいてちょうだい！」

「わ、わかりました。」

フェルディナンさんは、ノートルダム大聖堂《だいせいどう》を脇目《わきめ》に見《み》ながら走《はし》っていく。

小学校低学年《しょうがっこうていがくねん》のときに見学《けんがく》してるはずだけど、あまり、というか、ほとんど記憶《きおく》にない。でも、いまはとっても見《み》たい。私立桜葉女子学園中学校《しりつさくらばじょしがくえんちゅうがっこう》に入《はい》ってから、宗教《しゅうきょう》の時間《じかん》でキリスト教《きょう》を習《なら》うようになったからかもしれない。

でも修学旅行《しゅうがくりょこう》とか、家族旅行《かぞくりょこう》とかで、だれかに連《つ》れていかれた観光名所《かんこうめいしょ》って、あとになるとポイント、ポイントはなんとなく覚《おぼ》えてても、どうやって行《い》ったとか、どこらへんにあるとか、わからないってことない？

フェルディナンさん、もし、このまま行《ゆ》き止《ど》まりになったら、どうするつもりなのだろう。

そのとき――。

――「わっ！」

亮平《りょうへい》くんの声《こえ》がすぐうしろから聞《き》こえてきた。

振《ふ》り返《かえ》ると、亮平《りょうへい》くんが転《ころ》んでいた。

「ちょ、ちょっと、亮平《りょうへい》くん！」

「亮平《りょうへい》、しっかりしろ！」

わたしと拓《た》っくんは、亮平《りょうへい》くんのほうに同時《どうじ》に手《て》を伸《の》ばした。

前《まえ》を走《はし》っているフェルディナンさんとマリー・アントワネットさんが立《た》ち止《ど》まるのがわかった。


パカラッ、パカラッ、パカラッ、パカラッ……。

レオンさんを乗《の》せた馬《うま》が見《み》えた！

フェルディナンさんがまわれ右《みぎ》をしてもどってくると、上着《うわぎ》のポケットに手《て》を入《い》れた。

また小石《こいし》を投《な》げようとしてくれているのだ。

でも……。


「あれっ!? ない！」

小石《こいし》が……ない！

拓《た》っくんといっしょに亮平《りょうへい》くんを抱《かか》え起《お》こしながら、わたしはフェルディナンさんとマリー・アントワネットさんに向《む》かってさけんだ。

「わたしたちのことはいいから、行《い》ってください！」

「でも、あなたたち……。」

マリー・アントワネットさんが少《すこ》したじめらう。

「いいから！　逃《に》げてください！」

「小石《こいし》をきらして、ごめん！」

フェルディナンさんが、ふたたび先頭《せんとう》にもどり、マリー・アントワネットさんといっしょに走《はし》りはじめた。

亮平《りょうへい》くんを立《た》たせたあと、わたしたちは立《た》ちふさがった。わたしが中央《ちゅうおう》、右斜《みぎなな》めうしろに拓《た》っくん、左斜《ひだりなな》めうしろに亮平《りょうへい》くんが立《た》った。

三人《にん》で両手《りょうて》を広《ひろ》げて、通《とお》せんぼする。

わたしたちのすぐ前《まえ》で、レオンさんが馬《うま》を止《と》めた。馬《うま》の全身《ぜんしん》から湯気《ゆげ》が立《た》っているのが見《み》える。

わたしは、馬上《ばじょう》のレオンさんを見上《みあ》げながらさけんだ。

「来《こ》ないで！」

「なんだと……。」

「マリー・アントワネットさんを自由《じゆう》にさせてあげて。」

「なにをいってる。」

「夜明《よあ》けまでにはベルサイユにもどるっていってるの。」

「そこをどけ！」

「イヤ！」

「どかぬなら……。」

レオンさんは、左手《ひだりて》で手綱《たづな》をにぎったまま、右手《みぎて》で左腰《ひだりこし》に差《さ》した剣《けん》を抜《ぬ》いた。いや、ふつうの剣《けん》に見《み》えていたのは、じつはサーベルだった。

サーベルというのはフェンシングで使《つか》うような細身《ほそみ》の剣《けん》だ。

「剣《けん》で斬《き》られたいか、それとも馬《うま》で蹴倒《けたお》されたいか。」

「いいえ。」

わたしの目《め》を見《み》てから、薄《うす》く笑《わら》った。

「ならば、どけ。」

レオンさんは、馬首《ばしゅ》を左《ひだり》に動《うご》かすと、サーベルをわたしのほうへ振《ふ》り下《お》ろしてきた。

うしろにさがりながら、わたしはレオンさんに抗議《こうぎ》した。

「わたしたちは武器《ぶき》を持《も》っていません！　だいいち、まだ子《こ》どもです！」

「マリー・アントワネットを逃《に》がすのなら、おとなも子《こ》どもも関係《かんけい》ない！」

暗《くら》いなかで、サーベルの刃《は》がランタンの明《あ》かりを反射《はんしゃ》して、不気味《ぶきみ》に光《ひか》った。

まぶしい！

またもサーベルが振《ふ》り下《お》ろされた！

わたしは、さがろうとして、石畳《いしだたみ》に靴《くつ》のかかとをひっかけて、うしろに転《ころ》んでしまった。

拓《た》っくんと亮平《りょうへい》くんがわたしの前《まえ》に立《た》ってくれる。

さらにタイムまで、拓《た》っくんと亮平《りょうへい》くんの前《まえ》に出《で》て、四本《ほん》の足《あし》で踏《ふ》ん張《ば》って吠《ほ》える。

「ウウウ……ワン！」

「どけ、犬《いぬ》。」

「ウウウ……ワンワンワン！」

タイムが、レオンさんの乗《の》った馬《うま》の足下《あしもと》に突進《とっしん》！　すぐにさがる、をくりかえしはじめた。

馬《うま》が目《め》をむいて、タイムを見下《みお》ろしていたかと思《おも》うと、暴《あば》れはじめた。

「ヒヒーン！」

立《た》ち上《あ》がったわたしは号令《ごうれい》をかけた。

「走《はし》るよ！」

タイムがすぐにもどってきて、先頭《せんとう》を走《はし》りはじめた。

わたしもつづこうとしたけど、また石畳《いしだたみ》に靴先《くつさき》がひっかかって、こんどは前《まえ》のめりに転《ころ》びそうになった。

拓《た》っくんがわたしの左手《ひだりて》、亮平《りょうへい》くんがわたしの右手《みぎて》をにぎってくれた。

拓《た》っくんの手《て》はしなやかだけどしっかりしてて、亮平《りょうへい》くんの手《て》はやわらかくてあたたか

い。

手《て》をにぎってくれるなんて、そうそうないから、わたしは、ちょっとドキドキしていた。

「ありがとう。もう、だいじょうぶ！」

拓《た》っくんと亮平《りょうへい》くんが安心《あんしん》した顔《かお》になって、そっと手《て》を放《はな》す。

三人《にん》は、横並《よこなら》びになって走《はし》りつづけた。

でもすぐに、わたしがいちばん前《まえ》に出《で》て、拓《た》っくんと亮平《りょうへい》くんを先導《せんどう》するかたちになった。

わたしは、ふたりにきいた。

「マリー・アントワネットさんとフェルディナンさんは、どっちに向《む》かった？」

ふたりが「さあ。」といったとき、わたしは前方《ぜんぽう》に目《め》をやった。
前方《ぜんぽう》に、細《ほそ》い橋《はし》があって、その上《うえ》を走《はし》る、ふたつの人影《ひとかげ》が見《み》えた。

拓哉《たくや》の豆知識《まめちしき》

サン＝ルイ島《とう》

セーヌ川《がわ》の中州《なかす》の島《しま》。パリ発祥《はっしょう》の地《ち》といわれているんだ。シテ島《とう》の上流《じょうりゅう》に位置《いち》していて第《だい》四区《く》に属《ぞく》してる。

マリー・アントワネットさんが、フェルディナンさんに腕《うで》をつかまれて、走《はし》っていた。
マリー・アントワネットさんも、わたしみたいにドキドキしているんだろうか。

「島《しま》が橋《はし》でつながってる！」

わたしの声《こえ》に、拓《た》っくんと亮平《りょうへい》くんも反応《はんのう》する。

「マジか！」

「亮平《りょうへい》、急《いそ》げ！」

わたしたちも、シテ島《とう》から次《つぎ》の島《しま》につながる橋《はし》を渡《わた》った。

肩越《かたご》しに右《みぎ》うしろを見《み》ると、ノートルダム大聖堂《だいせいどう》の偉容《いよう》が夜空《よぞら》に溶《と》けるように見《み》えていた。

わたしたちは、全速力《ぜんそくりょく》で橋《はし》を渡《わた》った。

左右《さゆう》からセーヌ川《がわ》のせせらぎが聞《き》こえてくる。

これまでいたところも、橋《はし》を渡《わた》った先《さき》も、島《しま》なんだなと実感《じっかん》できる。

早《はや》く、マリー・アントワネットさんとフェルディナンさんに追《お》いつかないと。

でも……。

島《しま》に渡《わた》りおわったと思《おも》ったら、ふたりの姿《すがた》が消《き》えていた。

どこ？

パカラッ、パカラッ、パカラッ、パカラッ……。

わたしは振《ふ》り向《む》いた。

レオンさんを乗《の》せた馬《うま》が、島《しま》と島《しま》をつなぐ橋《はし》を渡《わた》りはじめようとするところだった。

わたしは走《はし》りながら、拓《た》っくんと亮平《りょうへい》くんに声《こえ》をかけた。

「ここで三方向《ほうこう》に分《わ》かれて、レオンさんをまかない？」

すぐに拓《た》っくんがきいてくる。

「レオンさんをまくことができたとして、どこで合流《ごうりゅう》するの？」

亮平《りょうへい》くんもいう。

「そうだよ。香里《かおり》ちゃんはパリに来《き》たことがあるかもしれないけど、拓哉《たくや》もおれもパリははじめてなんだからさ。」

「わたしだって、ほとんど覚《おぼ》えてない。——なら、こうしない？　三方向《ほうこう》に分《わ》かれて走《はし》った先《さき》に橋《はし》があったら、そこで待機《たいき》。橋《はし》が見《み》つからなかった人《ひと》は、ほかの方角《ほうがく》に移動《いどう》する。」

「香里《かおり》ちゃん……。」

拓《た》っくんだ。

「もし三方向《ほうこう》ともに橋《はし》があったら？」

「マリー・アントワネットさんとフェルディナンさんを捜《さが》して。いないようだったら、ほかに橋《はし》がないかどうか捜《さが》して。」

「もし橋《はし》がなくて、行《ゆ》き止《ど》まりだったら、おれたちだけじゃなく、マリー・アントワネットさんもフェルディナンさんもまずいんじゃない？」

たしかに、まずい。もし行《ゆ》き止《ど》まりだったら、いま渡《わた》った橋《はし》を押《お》さえられたら、おしまいだからだ。

橋《はし》があることを祈《いの》るしかない。

「とにかく……ここで分《わ》かれるよ！」

「わかった。」

「わかったよ。」

拓《た》っくんの返事《へんじ》がイマイチだったけど、ここはマリー・アントワネットさんを捕《つか》まえさせないこと、マリー・アントワネットさんを助《たす》けることが第一《だいいち》なのだ。

亮平《りょうへい》くんは左《ひだり》に、拓《た》っくんとわたしとタイムは右《みぎ》へ行《い》った。すぐに左《ひだり》に曲《ま》がる道《みち》があったので、わたしとタイムが折《お》れた。拓《た》っくんは川岸沿《かわぎしぞ》いの道《みち》を走《はし》っていく。

パカラッ、パカラッ、パカラッ、パカラッ……。

振《ふ》り返《かえ》ると、レオンさんを乗《の》せた馬《うま》が、わたしとタイムのほうへ、どんどん近《ちか》づいてくるのが見《み》えた。

わたしが女《おんな》の子《こ》だからなめてかかられたのかしら。だったら、レオンさん、失敗《しっぱい》よ。走《はし》る速《はや》さは、だれにも負《ま》けない。

走《はし》りながら、正面《しょうめん》に目《め》をやったけど、やっぱり、マリー・アントワネットさんとフェルディナンさんの姿《すがた》はない。

あのふたり、どこに向《む》かって走《はし》っていったんだろう。

マリー・アントワネットさんはパリがはじめてみたいだったけど、フェルディナンさんはパリに詳《くわ》しそうだった。

ってことは、フェルディナンさんなら、この島《しま》に、ほかに橋《はし》があるかどうか知《し》ってるんじゃないだろうか。だから、この島《しま》に渡《わた》ったんじゃないだろうか。

とにかく……そう期待《きたい》して、いまは走《はし》るしかない。

わたしは、島《しま》の先端《せんたん》まで走《はし》った。

正面《しょうめん》に橋《はし》はなく、セーヌ川《がわ》が流《なが》れていた。

どうしよう……。

このままだとレオンさんに捕《つか》まってしまう……。

「タイム、こっち。」

わたしは、突《つ》き当《あ》たりを右《みぎ》に折《お》れ、すぐに建物《たてもの》と建物《たてもの》のあいだの路地《ろじ》に入《はい》った。

さらに右《みぎ》に折《お》れ、左《ひだり》に折《お》れをくりかえしていたときだった。

「うわっ！」

「キャン！」

だれかとぶつかって、尻《しり》もちをついて倒《たお》れた。

タイムといっしょに、すぐに立《た》ち上《あ》がって身《み》がまえた。

「拓《た》っくん……。」

「なんだ、香里《かおり》ちゃんか。ああ、びっくりした。」

「わたしも。おどろいたわよ。」

「おれが走《はし》っていった先《さき》に橋《はし》があったけど、マリー・アントワネットさんとフェルディナンの姿《すがた》がなかったから、ほかの橋《はし》を探《さが》そうと思《おも》って走《はし》ってきたんだ。」

そのときだった。

「こ、こ、こっち、来《く》るなーっ！」

わたしと拓《た》っくんは顔《かお》を見合《みあ》わせた。

「いまの、亮平《りょうへい》くんの声《こえ》よね。」

「だな。まちがいない。——香里《かおり》ちゃん、まだ走《はし》れる？」

「当然《とうぜん》よ！」

わたし、拓《た》っくん、タイムは、亮平《りょうへい》くんの声《こえ》がしたほうに向《む》かって走《はし》りはじめた。

亮平《りょうへい》くんは、さっき、この島《しま》に渡《わた》ってすぐ左《ひだり》に曲《ま》がった。

馬《うま》に乗《の》ってわたしを追《お》いかけていたレオンさんは、途中《とちゅう》で方向《ほうこう》を変《か》えたにちがいない。

そうしたら、亮平《りょうへい》くんがいたのだ。

でもレオンさんに追《お》われているだけなら、逃《に》げればすむだけのこと。

もしかしたら……。

拓《た》っくんがいう。

「マリー・アントワネットさんとフェルディナンさんが見《み》つかった⁉」

「きっと、そう。」

拓《た》っくんもわたしも走《はし》るスピードをあげた。

幼稚園《ようちえん》から小学校《しょうがっこう》を卒業《そつぎょう》するまで、拓《た》っくんは男子《だんし》リレーで、わたしは女子《じょし》リレーで、それぞれクラスで一番《ばん》だった。いつか男女混合《だんじょこんごう》リレー大会《たいかい》があったとき、わたしと拓《た》っくんがいたクラスは、二位《い》と半周《はんしゅう》の差《さ》をつけて優勝《ゆうしょう》した。

足《あし》の速《はや》さは、きっと中学校《ちゅうがっこう》に入《はい》っても変《か》わっていないはず。

この島《しま》の建物《たてもの》が、どんどんうしろに飛《と》び去《さ》っていく、そんなかんじがしていた。

さっき渡《わた》った橋《はし》から見《み》て左側《ひだりがわ》のセーヌ河岸《かがん》が近《ちか》づいていた。

いた！

背後《はいご》はパリの街《まち》。

パリの街《まち》を背《せ》にした橋《はし》の上《うえ》には、マリー・アントワネットさんとフェルディナンさん。

橋《はし》を渡《わた》りかかったところには、両手《りょうて》を広《ひろ》げて通《とお》せんぼしている亮平《りょうへい》くん。

そして、亮平《りょうへい》くんの手前《てまえ》には、こちらに背《せ》中《なか》を向《む》けて、右手《みぎて》にサーベルをにぎったままレオンさんが立《た》っている。

⑦セーヌ川《がわ》で危機《きき》一髪《いっぱつ》！

「亮平《りょうへい》くん！」

「亮平《りょうへい》！」

拓《た》っくんとわたしは同時《どうじ》に呼《よ》んだ。

その先《さき》、橋《はし》を渡《わた》りかかったあたりで両手《りょうて》を広《ひろ》げて通《とお》せんぼをしている亮平《りょうへい》くんの顔《かお》に安《あん》堵《ど》の色《いろ》が浮《う》かんでいた。

「拓哉《たくや》……香里《かおり》ちゃん……。」

安心《あんしん》したのか、亮平《りょうへい》くんはいまにも、へなへなと、すわりこんでしまいそうだった。

橋《はし》に向《む》かって走《はし》っていたわたしと拓《た》っくんは、レオンさんの背中《せなか》に手《て》が届《とど》きそうなくらいまで近《ちか》づいた。

すると！

レオンさんは、まるで、背中《せなか》に目《め》でもあるかのように、わたしと拓《た》っくんの手《て》が届《とど》く寸《すん》前《ぜん》で走《はし》りだした。

両手《りょうて》を広《ひろ》げて、通《とお》せんぼをしていた身体《からだ》の大《おお》きい亮平《りょうへい》くんが、いとも簡単《かんたん》に払《はら》いのけられたかと思《おも》うと、マリー・アントワネットさんとフェルディナンさんのほうへ突進《とっしん》していった。

「ダメ！」

拓《た》っくんとわたし、払《はら》いのけられたまま体勢《たいせい》をくずしている亮平《りょうへい》くんは、レオンさんを追《お》いかけた。

あとずさりするマリー・アントワネットさんの前《まえ》に、フェルディナンさんが出《で》てくる。

両手《りょうて》を広《ひろ》げるフェルディナンさんの顔《かお》がこわばっている。頰《ほお》がひきつっているのがわかる。広《ひろ》げた両手《りょうて》の指先《ゆびさき》も震《ふる》えている。

まして、レオンさんの手《て》にはサーベル。

どう見《み》ても、レオンさんのほうが強《つよ》そう。

わたしは、背後《はいご》からレオンさんにたずねた。

「レオンさん！　連《つ》れもどすのが目的《もくてき》なのに、どうしてサーベルなんか抜《ぬ》くんですか！」

「子《こ》どもはだまっていろ。」

いうなり、レオンさんは右足《みぎあし》を前《まえ》に出《だ》し、斜《しゃ》に構《かま》え、サーベルを繰《く》り出《だ》した。

フェルディナンさんがうしろにさがり、背後《はいご》にいるマリー・アントワネットさんにちょっとぶつかった。

「フェルディナン、しっかりしなさいよ！」

「わ、わかってますが……。」

「ほら、しっかり！」

マリー・アントワネットさんが、フェルディナンさんの背中《せなか》を両手《りょうて》で押《お》した。

そこにサーベルが突《つ》き出《だ》される。

「うわっ。」

フェルディナンさんは腰《こし》をかがめて、よけた。

「ダメ！」

思《おも》わず、わたしはさけんでいた。

だって、レオンさんのサーベルの切《き》っ先《さき》が、フェルディナンさんのすぐうしろに立《た》っていたマリー・アントワネットさんの顔《かお》に向《む》かっていっていたから。

わたしは、さらにさけんだ。

「マリーさん！　よけて！」

マリー・アントワネットさん、瞬間的《しゅんかんてき》にのけぞった。

サーベルの切《き》っ先《さき》が、マリー・アントワネットさんの顎《あご》すれすれのところまで届《とど》いていた。あと数《すう》ミリで、マリー・アントワネットさんの顎《あご》が切《き》れていた……。

マリー・アントワネットさんがさけぶ。

「レオン！　わたくしを殺《ころ》すつもり!?」

「ふふふ。」

えっ!?　どういうこと!?

次《つぎ》の瞬間《しゅんかん》、レオンさんがまたもサーベルを繰《く》り出《だ》した。

そのとき、腰《こし》をかがめていたフェルディナンさんが、中腰《ちゅうごし》のまま右手《みぎて》を高《たか》く伸《の》ばした。

その右手《みぎて》の手首《てくび》とひじのあいだに、サーベルの切《き》っ先《さき》が触《ふ》れ、さっと斬《き》れ、血《ち》がしたたった。

「フェルディナン！」

そうさけぶマリー・アントワネットさんに向《む》かって、レオンさんが、さらにサーベルを繰《く》り出《だ》す。

右手《みぎて》を怪我《けが》しているフェルディナンさんが、レオンさんのおなかあたりにタックル！

サン＝ルイ島《とう》から見《み》て右側《みぎがわ》の欄干《らんかん》のほうへ、レオンさんにタックルしたまま押《お》していく。

「や、やめろ、やめろ！」

「マダムまで殺《ころ》そうとした罰《ばつ》だ！」

レオンさんが抵抗《ていこう》し、身体《からだ》をひねる。

でも、すぐ目《め》の前《まえ》には欄干《らんかん》。

フェルディナンさんに腰《こし》を押《お》されたレオンさんが、欄干《らんかん》を乗《の》り越《こ》えるように前《まえ》のめりになる。

「うわっ！」

マリー・アントワネットさんが欄干《らんかん》のほうに走《はし》りだした。

「フェルディナン、レオンが川《かわ》に落《お》ちちゃうわよ！」

マリー・アントワネットさんが欄干《らんかん》のほうに走《はし》っていき、落《お》ちそうになっているレオンさんの左手《ひだりて》をつかんだと思《おも》ったら、そのまま引《ひ》きずられるように、マリー・アントワネットさんも宙《ちゅう》に浮《う》いた……。

レオンさんとマリー・アントワネットさんが欄干《らんかん》を越《こ》えていく。

落《お》ちちゃう！

わたしたちは走《はし》った。

欄干《らんかん》からのぞいた。

気《き》がついたときには、マリー・アントワネットさんが両手《りょうて》で欄干《らんかん》をつかんでいる。

レオンさんは、マリー・アントワネットさんのドレスのすそを左手《ひだりて》でつかんでいる。

「手《て》が……手《て》が……でも、レオンを助《たす》けなきゃ……！」

マリー・アントワネットさんが、欄干《らんかん》から左手《ひだりて》をはずして、レオンさんのほうに伸《の》ばそうとしたとき！

ビリビリ！

マリー・アントワネットさんのドレスのすそが破《やぶ》れる音《おと》がしたかと思《おも》うと、レオンさんが「ああっ！」と声《こえ》をあげながらセーヌ川《がわ》に落《お》ちていった。

ザブン！

「きゃっ！」

マリー・アントワネットさんが悲鳴《ひめい》をあげる。

欄干《らんかん》をつかんだ右手《みぎて》が滑《すべ》る。

欄干《らんかん》から離《はな》れる瞬間《しゅんかん》、わたしは、マリー・アントワネットさんの右手首《みぎてくび》をつかんだ。

「マリーさん！　左手《ひだりて》をあげて！」

拓《た》っくんがさけぶ。

マリー・アントワネットさんが左手《ひだりて》をそっとあげると、拓《た》っくんがその手首《てくび》をつかんだ。

わたしと拓《た》っくんの上半身《じょうはんしん》が、引《ひ》きずられるように欄干《らんかん》を越《こ》えていく。

と思《おも》ったら、亮平《りょうへい》くんが、わたしと拓《た》っくんの腰《こし》のあたりにタックルしてきた。

気《き》がついたときには、わたしと拓《た》っくんは、腰《こし》から上《うえ》が逆《さか》さになった格好《かっこう》で、それぞれマリー・アントワネットさんの手首《てくび》をつかんでいた。

拓《た》っくんの苦《くる》しそうな顔《かお》が見《み》えた。

「重《おも》い……。」

拓《た》っくんがいうと、マリー・アントワネットさんが怒《おこ》る。

「女性《じょせい》に向《む》かって、重《おも》い、ってなにごとよ！」

「ごめんなさい！　だって、ほんとうなんだもん！　ああっ！　手《て》が、手《て》が滑《すべ》りそう！」

それは、わたしも同《おな》じだった。

マリー・アントワネットさんの右手首《みぎてくび》をつかんだ右手《みぎて》が、体重《たいじゅう》の重《おも》みも手伝《てつだ》って、ちょっとずつ、滑《すべ》る。

「ワン！」

わたしの足下《あしもと》にいるタイムが応援《おうえん》してくれる。

このまま、わたしと拓《た》っくんの手《て》が滑《すべ》ってしまったら、マリー・アントワネットさんがセーヌ川《がわ》に落《お》ちちゃう！

川面《かわも》までの高《たか》さはそれほどでもないから、着水《ちゃくすい》した衝撃《しょうげき》で死《し》んじゃうことはないだろうけど、もしマリー・アントワネットさんが泳《およ》げなかったら……。ううん、王太子妃《おうたいしひ》マリー・アントワネットさんがセーヌ川《がわ》に落《お》ちちゃうこと自体《じたい》が大問題《だいもん》《だい》題よ！

もし、もしも！　王太子妃《おうたいしひ》マリー・アントワネットさんに、もしものことがあったりしたら……歴史《れきし》が変《か》わっちゃう！　それだけは避《さ》けなくちゃ。

そのとき――。

わたしと拓《た》っくんの身体《からだ》ごと少《すこ》し浮《う》いたかんじになった。

それにつれて、マリー・アントワネットさんの身体《からだ》も少《すこ》し下《した》に下《さ》がり、さらに、指《ゆび》も滑《すべ》った。

「亮平《りょうへい》！　どうしたんだよ！」

「ごめん……ふたりの身体《からだ》、押《お》さえきれないかも……。」

「こら！　おまえが手《て》を放《はな》したら、おれも、香里《かおり》ちゃんも、マリー・ア……マリーさんもセーヌ川《がわ》に落《お》ちちゃうんだからな！」

「わかってる……わかってるよ！」

わたしは、そのへんにいるはずのフェルディナンさんに向《む》かってさけんだ。

「フェルディナンさん！　フェルディナンさん！　いますか！」

「……い、いる……いるよ。」

「どうしたんですか！」

「あの男《おとこ》にぶつかっていったあと、欄干《らんかん》にぶつかって……反動《はんどう》で倒《たお》れて……。」

「そんなこといいから、来《き》て！　マリーさんが落《お》ちそうなの！　早《はや》く来《き》て！　マリーさんの手《て》をつかんでください！」

「わ、わかった！　けど、右手《みぎて》が……。」

そうだった。フェルディナンさんは右手《みぎて》を斬《き》られてしまっていたのだ。

「なら、左手《ひだりて》で！」

「わかった。」

わたしのそばにやってきたフェルディナンさんが、怪我《けが》をしていないほうの左手《ひだりて》を伸《の》ばすと、マリー・アントワネットさんの右腕《みぎうで》をつかんだ。手首《てくび》とひじのあいだあたりだ。

フェルディナンさんがわたしにいう。

「手《て》を放《はな》していい！　そのかわり、わたしの身体《からだ》を押《お》さえてくれ！」

「はい！」

わたしは、マリー・アントワネットさんの右手首《みぎてくび》を放《はな》した。

わたしの右《みぎ》の手《て》のひらは汗《あせ》でびっしょりになっていた。

――「拓哉《たくや》！　放《はな》していいぞ！　そうしたら、拓哉《たくや》！　香里《かおり》、亮平《りょうへい》といっしょに、わたしの身体《からだ》を押《お》さえてくれ！」

「はい！」

わたしたちは三人《にん》でフェルディナンさんの身体《からだ》を押《お》さえた。

フェルディナンさんの声《こえ》が聞《き》こえてくる。

――「もう少《すこ》し！　だいじょうぶ！　わたしにまかせて！　……もう少《すこ》し！　……もう、だいじょうぶ……。」

見上《みあ》げると、欄干《らんかん》の外《そと》から引《ひ》っぱりあげられたマリー・アントワネットさんが、フェルディナンさんに抱《だ》き寄《よ》せられていた。

と思《おも》ったら、フェルディナンさんは、マリー・アントワネットさんを抱《だ》きかかえたまま、うしろ向《む》きに倒《たお》れこんだ。

橋《はし》の上《うえ》で仰向《あおむ》けに倒《たお》れたフェルディナンさんに、マリー・アントワネットさんがうつぶせで抱《だ》きついているように見《み》えた。

フェルディナンさんが、マリー・アントワネットさんを左手《ひだりて》でぎゅっと抱《だ》きしめたま、いった。

「無事《ぶじ》でよかった……。」

すると――。

マリー・アントワネットさんが、両手《りょうて》を突《つ》き出《だ》して上体《じょうたい》を起《お》こしたかと思《おも》うと、ビンタの音《おと》が響《ひび》いた。

「いつまで抱《だ》きしめてるつもり！」

「あ、あ、ごめんなさい。」

フェルディナンさんが両手《りょうて》を広《ひろ》げると、マリー・アントワネットさんが立《た》ち上《あ》がった。

けど、すぐに、へなへなとしゃがみこんでしまう。

「だいじょうぶですか！」

わたしたち三人《にん》は、マリー・アントワネットさんを囲《かこ》んだ。

タイムが、マリー・アントワネットさんの胸《むね》に飛《と》びこんだ。

マリー・アントワネットさんが、タイムをぎゅうっと抱《だ》きしめる。

その手《て》も、身体《からだ》も、小《ちい》さく震《ふる》えていた。

ほんとうに怖《こわ》かったのだ。

わたしは、フェルディナンさんにいった。

「こんなことになる前《まえ》に、どうしてマリーさんを連《つ》れて橋《はし》を渡《わた》りきってくれなかったんですか！」

「ごめん……。」

マリー・アントワネットさんがか細《ぼそ》い声《こえ》でいった。

「香里《かおり》……いいのよ。」

「え……。」

「だって、フェルディナン、わたくしを助《たす》けてくれたんだもの。」

フェルディナンさんが、ぶたれた左頬《ひだりほお》を手《て》で押《お》さえながら、いった。

「感謝《かんしゃ》してるなら、ぶつことないでしょ……。」

マリー・アントワネットさん、すっと視線《しせん》をはずして、いった。

「それはそれ。これはこれ。」

「え〜。」

フェルディナンさん、口《くち》をぽかんと開《あ》ける。

さらにマリー・アントワネットさんが、わたしたちにいった。

「香里《かおり》も、拓哉《たくや》も、亮平《りょうへい》も、わたくしを助《たす》けてくれて、どうもありがとう。」

「いえ……。」

わたしたちが照《て》れていると、マリー・アントワネットさんが真顔《まがお》になって、フェルディナンさんにいった。

「ところで、レオンったら、わたくしを殺《ころ》そうとしてた、わよね？」

そうだった……。

レオンさんは、なぜかマリー・アントワネットさんを殺《ころ》そうとしていた。なんで？

マリー・アントワネットさんが首《くび》をかしげる。

「どうしてかしらね。」

フェルディナンさんがいう。

「そのレオンも、セーヌ川《がわ》に落《お》ちていったのです。もう追《お》われる心配《しんぱい》はありません。」

「そうだけど、レオンは……。」

マリー・アントワネットさんは、セーヌ川《がわ》に落《お》ちたレオンさんを心配《しんぱい》しているのだ。

「ああ、そういえば……。」

フェルディナンさんがいう。

「この橋《はし》、マリー橋《ばし》っていうんですよ。」

「そうなの。」

マリー・アントワネットさん、興味《きょうみ》なさそうに返事《へんじ》をする。

「これは噂《うわさ》ですが、願《ねが》いをこめてこの橋《はし》の下《した》を舟《ふね》でくぐると、恋《こい》がかなうそうなんですが、どうです、いっしょに舟《ふね》に乗《の》って……。」

「やだ。」

「え……。」

「だって、わたくし、あなたに恋《こい》してないもの。」

「う……。」

「だいいち、結婚《けっこん》してるし。」

「う……うう……。」

フェルディナンさん、がっくりと肩《かた》を落《お》とした。

なんて、わかりやすい人《ひと》なんだろう。

時間《じかん》が経《た》って震《ふる》えがおさまったのか、フェルディナンさんが愛《あい》の告白《こくはく》なんかしたせいか、恐怖《きょうふ》から立《た》ち直《なお》ったマリー・アントワネットさんは、「よし！」といってから、すっくと立《た》ち上《あ》がった。

フェルディナンさんにいう。

「さ、オペラ座《ざ》に連《つ》れていってちょうだい。」

「うっ……。」

フェルディナンさんが膝《ひざ》をついてしゃがみこむ。

左手《ひだりて》で右腕《みぎうで》をつかんで、うめいている。

「フェルディナン、右腕《みぎうで》を出《だ》しなさい。」

「えっ⁉ はい……。」

マリー・アントワネットさんは、自分《じぶん》のドレスをつまみ、すそに犬歯《けんし》をあてて切《き》れ目《め》を入《い》れると、ビリビリと破《やぶ》った。それから、そうしてできた細《ほそ》い布《ぬの》きれで、フェルディナンさんの右《みぎ》の二《に》の腕《うで》をしばりあげた。

「これで、血《ち》は止《と》まるはず。」

「ありがとうございます。」

フェルディナンさんが頭《あたま》をぽりぽりとかく。

「フェルディナン、わたくしを無事《ぶじ》オペラ座《ざ》に案内《あんない》したいなら、もっと堂々《どうどう》として！」

「は、はい！」

フェルディナンさん、顔《かお》を引《ひ》き締《し》めてイケメンになる。

「その調子《ちょうし》よ、フェルディナン。」

「は、はい！」

フェルディナンさん、こんどは顔《かお》つきがデレっとなる。

やっぱり、なんて、わかりやすい人《ひと》なの。

「マリーさん、こっちです！　さあ！」

フェルディナンさんが怪我《けが》をしていないほうの左手《ひだりて》を差《さ》し出《だ》し、マリー・アントワネットさんと手《て》をつなごうとする。

マリー・アントワネットさん、その手《て》をぺしっとたたいた。

「ちょっとほめられたからって、調子《ちょうし》に乗《の》らないの。」

「うっ。」

「だから！　叱《しか》られるたびに、そうやって、落《お》ちこまないの！　さあ、オペラ座《ざ》に行《い》くわよ。」

フェルディナンさんがマリー・アントワネットさんにきいた。

「いま、オペラをやってるんですか？」

「こんな時間《じかん》にやってないわよ。」

「では、たまに開《ひら》かれる仮面舞踏会《かめんぶとうかい》の下見《したみ》、というわけですか？」

「あのっ……。」

拓《た》っくんだ。

「パリに入《はい》るときにマリーさんがいってましたけど、オペラ座《ざ》の舞台《ぶたい》を見《み》てみたいからですか？」

「………。」

マリー・アントワネットさんが押《お》しだまる。

拓《た》っくんがつづける。

「いま、殺《ころ》されかけたばかりですよ！　それなのに、悠長《ゆうちょう》にオペラ座《ざ》なんかに……行《い》ってる場合《ばあい》ですか！」

マリー・アントワネットさんが、拓《た》っくん、そして亮平《りょうへい》くん、わたしの顔《かお》を、じっと見《み》つめかえしてから、まじめな顔《かお》で答《こた》える。

「あんな堅苦《かたくる》しいところから、やっと抜《ぬ》けだすことができたの。わたくしにとって、オペラ座《ざ》は……自由《じゆう》の象徴《しょうちょう》なの。だから、あんなことがあったばかりだとしても、わたくしは行《い》きたいの。」

マリー・アントワネットさんの思《おも》いが、ひしひしと伝《つた》わってきた。

「でしたら……。」

フェルディナンさんがいう。

「オペラ座《ざ》を見《み》おえたら、今夜《こんや》は終《お》わりにしてくださいますね？」

「わかったわ。」

マリー・アントワネットさんは、しっかりとうなずいた。

⑧ 隠《かく》されていた計画《けいかく》

「これが、オペラ座《ざ》なのね……。」

マリー・アントワネットさんが、目《め》の前《まえ》の劇場《げきじょう》を見上《みあ》げる。

わたしたちは、洋服屋《ようふくや》の店主《てんしゅ》がいっていたサントノーレ通《どお》りにたどりついていた。

フェルディナンさんが、やっとパリガイドの役《やく》を果《は》たせるといった顔《かお》つきでいった。

「厳密《げんみつ》にいいますとね、『オペラ座《ざ》』という劇場《げきじょう》はないんですよ。」

「え……。」

そういったマリー・アントワネットさんだけではなく、拓《た》っくんも、亮平《りょうへい》くんも、わたしも、タイムも、口《くち》をぽかんと開《あ》けている。

わたしが知《し》ってるかぎり、パリには、ちゃんとオペラ座《ざ》って建物《たてもの》があったはず。

香里《かおり》の豆知識《まめちしき》

オペラ座《ざ》

「オペラ」というのは十七世紀《せいき》はじめにイタリアで生《う》まれた歌唱《かしょう》を中心《ちゅうしん》とした舞台劇《ぶたいげき》のことね。「オペラ座《ざ》」というのは正《ただ》しくは「オペラ劇団《げきだん》」という組織《そしき》のことで、一六六九年《ねん》に設立《せつりつ》された音楽《おんがく》アカデミーが起源《きげん》。

「どういうこと？」

マリー・アントワネットさんがきく。

「『オペラ座《ざ》』という組織《そしき》が、そのときそのとき上演《じょうえん》している劇場《げきじょう》をみな『オペラ座《ざ》』と呼《よ》んでいるのです。いまは、このパレ・ロワイヤルがその劇場《げきじょう》にあたっているわけです。」

「へえ、そうなの。知《し》らなかったわ。」

マリー・アントワネットさんが素直《すなお》におどろいている。

「さあ、入《はい》りましょう、マダム。」

「開《あ》いてるの？」

「どれどれ。」

数段《すうだん》の石段《いしだん》をあがっていったフェルディナンさんは、劇場《げきじょう》の大《おお》きな扉《とびら》を押《お》した。

ギィ……。

「開《あ》きましたよ。」

このとき、劇場《げきじょう》の扉《とびら》が開《あ》いたことをあやしむべきだった。でも、わたしたちは、だれもそうしなかったのだ……。

華《はな》やかなロビーを通過《つうか》して次《つぎ》のドアを開《ひら》くと、劇場《げきじょう》が姿《すがた》をあらわした。

劇場内《げきじょうない》には舞台《ぶたい》を中心《ちゅうしん》に、ろうそくの明《あ》かりが灯《とも》っていた。

「すごい……。」

巨大《きょだい》な、吹《ふ》き抜《ぬ》けの、四角《しかく》い劇場《げきじょう》。

正面向《しょうめんむ》こうに舞台《ぶたい》。その舞台《ぶたい》に向《む》かって一階《かい》はがらんどうになっている。左右《さゆう》、背後《はいご》には、二階客席《かいきゃくせき》、三階客席《がいきゃくせき》……。

「一階《かい》に座席《ざせき》ないんですか?」

わたしがだれにともなくきくと、フェルディナンさんが教《おし》えてくれた。

「オペラが上演《じょうえん》されるときには、中央《ちゅうおう》に椅子《いす》が運《はこ》び込《こ》まれるんだよ。あとは立《た》ち見《み》になっているんだ。」

わたしは、マリー・アントワネットさんの横顔《よこがお》を右斜《みぎなな》めうしろから見《み》ていた。

劇場内《げきじょうない》を見《み》まわすマリー・アントワネットさんの横顔《よこがお》は、夢見《ゆめみ》る乙女《おとめ》そのもの。

「ここでオペラを観《み》ることができたら、どんなにすばらしいのでしょう。」

もし、この客席《きゃくせき》がぜんぶ埋《う》まったら、すごい熱気《ねっき》だろうな。

わたしの頭《あたま》のなかには、満席《まんせき》のオペラ座《ざ》が浮《う》かんでいた。

香里《かおり》の豆知識《まめちしき》

マリー・アントワネットさんの時代《じだい》のオペラ

十八世紀《せいき》のヨーロッパのオペラで、多《おお》くの傑作《けっさく》を残《のこ》したのはモーツァルトね。なかでも『フィガロの結婚《けっこん》』（一七八六年《ねん》）、『ドン・ジョヴァンニ』（一七八七年《ねん》）などが有名《ゆうめい》よ。

さらにマリー・アントワネットさんが、つぶやく。

「できうることならば、観《み》るだけでなく、わたくし自身《じしん》で脚本《きゃくほん》を書《か》き、舞台《ぶたい》に立《た》ってみたいものだわ。」

「マリーさんの美貌《びぼう》でしたら、大成功《だいせいこう》まちがいなしですよ。」

「そうかしら。おほほほ。」

マリー・アントワネットさん、まんざらでもないという表情《ひょうじょう》になって、高笑《たかわら》いした。

その声《こえ》が、オペラ座《ざ》のなかに響《ひび》きわたる。

そして――。

フェルディナンさんがいう。

「さあ、希望《きぼう》されていたオペラ座《ざ》を観《み》ることができたのです。早《はや》いところパリを発《た》たないと、夜《よ》が明《あ》けるまでにベルサイユ宮殿《きゅうでん》にもどれなくなってしまいますよ、マダム・マリー・アントワネットさま。」

場《ば》の空気《くうき》が一変《いっぺん》した。

マリー・アントワネットさんの表情《ひょうじょう》が少《すこ》しこわばる。

ずっと、彼女《かのじょ》がマリー・アントワネットさんだと、フェルディナンさんにばれないように気《き》を遣《つか》ってきたつもりだったのに……。

マリー・アントワネットさんが、ふっと息《いき》を吐《は》いてから、いった。

「やはり、わたくしの正体《しょうたい》を知《し》っていたのね。」

え……。

わたしは、マリー・アントワネットさんの横顔《よこがお》を見《み》た。

フェルディナンさんも、ちょっと意外《いがい》そうな顔《かお》つきになっている。

マリー・アントワネットさんがいう。

「だって、あの橋《はし》の上《うえ》で、はじめて会《あ》ったとき、あなた、わたくしのことを『マダム』と呼《よ》んだでしょ。」

そういえば……。

――「失礼《しつれい》ですが、マダム、あなたのお名前《なまえ》は……。」

そういっていた。

「『マダム』と呼《よ》んだということは、わたくしが貴族《きぞく》ってわかってたってことですもの。」

「なるほど、そうでしたか。お見《み》それしました。さすがは、マリー・アントワネットさま。――さあ、ベルサイユ宮殿《きゅうでん》にお帰《かえ》りください。」

「イヤよ。」

「マダム……。」

「レオンみたいな言《い》い方《かた》はやめて。まるでベルサイユ宮殿《きゅうでん》にいるみたいじゃないの。」

「では、どう呼《よ》べば？」

「いいわよ、マリーで。でも追《お》い返《かえ》さないで。」

「夜明《よあ》けまでにもどらないといけないのでしょう。」

「レオンみたいなこと、いわないで。」

「マリーさん……。」

「はい。」

マリー・アントワネットさんが素直《すなお》に返事《へんじ》をする。

「そのレオンですが、あなたを追《お》いかけていたのは、あなたを守《まも》るためではなく、殺《ころ》すためだったようですね。」

マリー・アントワネットさんは、少《すこ》し間《ま》を置《お》いてから、ため息《いき》まじりにいった。

「じつは……なんとなくだけど、わたくしの存在《そんざい》をきらっている人《ひと》たちがいることは知《し》っていたの。暗殺《あんさつ》しようとしている人《ひと》がいることも、うすうすだけど気《き》づいてた。でも、それが、まさか、いちばん身近《みぢか》にいたレオンだったなんて。」

マリー・アントワネットさんが、フェルディナンさんをまっすぐに見《み》つめて、きく。

「あなた、わたしを暗殺《あんさつ》しようとしている人《ひと》がいることを知《し》っていたの。」

「マリアさんのことを守《まも》りたかったのです。だから、あえて、あの橋《はし》のところで、偶然《ぐうぜん》をよそおってお会《あ》いしたのです。」

「そうだったの……。」

マリー・アントワネットさんが、フェルディナンさんの顔《かお》をまじまじと見《み》つめる。

「お忍《しの》びのようでしたので、気《き》づかないふりをしながら、暗殺者《あんさつしゃ》の出方《でかた》をうかがっていたのです。」

そのとき――。

「わははは！」

甲高《かんだか》い笑《わら》い声《ごえ》が聞《き》こえてきた。

⑨オペラ座《ざ》の決闘《けっとう》

振《ふ》り向《む》くと、さっき、わたしたちが入《はい》ってきた出入《でい》り口《ぐち》に、ひとりの男《おとこ》の人《ひと》が立《た》っていた。

だれ？

一瞬《いっしゅん》そう思《おも》ったけど、すぐにマリー・アントワネットさんが反応《はんのう》した。

「レオン……。」

レオンさん⁉　まさか⁉

「ふふふふふ。」

レオンさんが笑《わら》う。

「どうして生《い》きているのか？　でございますか？　おわかりでしょう。」

レオンさんが着《き》ている服《ふく》からは、ときどき、ぽとぽとと水《みず》が落《お》ちているし、足下《あしもと》にも水《みず》溜《た》まりができている。

あのとき、マリー橋《ばし》からセーヌ川《がわ》に落《お》ちても死《し》なず、川岸《かわぎし》まで泳《およ》いで這《は》い上《あ》がってきたのだ。

右手《みぎて》ににぎっていたサーベルは、いまは腰《こし》に差《さ》した革《かわ》の鞘《さや》におさまっている。

マリー・アントワネットさんがきく。

「どうして、ここにいるの？」

「『ここにいるの』とは？」

「どうして、わたくしがここにいることを知《し》っているの？」

「マダム。あなたが、わたしに『お忍《しの》びでパリに行《い》きたいの。』といったとき、わたしが、どれほど小躍《こおど》りしたかわかりますか。」

「………」

マリー・アントワネットさんが唇《くちびる》をかみしめている。

レオンさんがつづける。

「王太子妃《おうたいしひ》マリー・アントワネットを殺《ころ》したくとも、ベルサイユ宮殿《きゅうでん》のなかでは、なかなか実現《じつげん》しない。どうしたものかと思《おも》っていたところ、当《とう》のマリー・アントワネットがこっそり宮殿《きゅうでん》から抜《ぬ》けだそうとするので追《お》いかけたら、『お忍《しの》びでパリに行《い》きたいの。』と。こんな絶好《ぜっこう》の機会《きかい》はありません。しかもマダムは、いつも『オペラ座《ざ》に行《い》きたい。』といっていました。だからパリに着《つ》いてすぐ、劇場《げきじょう》の持《も》ち主《ぬし》に手《て》を回《まわ》し、鍵《かぎ》を開《あ》けさせておいたのです。ずっと行《い》きたかった場所《ばしょ》が、マダムの最期《さいご》の場所《ばしょ》となる。すばらしいではありませんか。」

レオンさんは、まるで舞台《ぶたい》に立《た》っている役者《やくしゃ》のように、オーバーに両手《りょうて》を広《ひろ》げてみせた。

「でも、どうして……。」

「どうして！　どうして！」

はりあげたレオンさんの声《こえ》がひっくりかえった。

「ちゃんちゃらおかしい！」

「え……。」

「マダム。あなたは、ご自分《じぶん》の立場《たちば》が、まるでわかっていない。」

「わたくしは王太子妃《おうたいしひ》よ。」

拓《たく》っくんも、亮平《りょうへい》くんも、わたしも、うなずいた。

「わははは！」

レオンさんがまた笑《わら》う。

そして真顔《まがお》になる。

真顔《まがお》になったレオンさんはイケメンだけど、やっぱり顔《かお》が怖《こわ》い。

「マダム。妃《きさき》というのは、世継《よつ》ぎを産《う》んでこその妃《きさき》なのです。世継《よつ》ぎを産《う》まない妃《きさき》は妃《きさき》ではない。」

わたしは思《おも》わずさけんでいた。

「そんなの女性蔑視《じょせいべっし》よ！　女性《じょせい》は子《こ》どもを産《う》む機械《きかい》じゃない！」

「小娘《こむすめ》、だまれ。」

「だまりません！　それに男《おとこ》の子《こ》が生《う》まれるか、女《おんな》の子《こ》が生《う》まれるか、わからないじゃないですか！　だいいち、子《こ》どもが生《う》まれるかどうかも、結婚《けっこん》してからじゃないとわからないじゃないですか！」

「香里《かおり》……。」

マリー・アントワネットさんが小声《こごえ》でいう。

「ありがとう。あなたの気持《きも》ち、うれしいわ。でもレオンにも言《い》い分《ぶん》というものがあるでしょうから、最後《さいご》まで聞《き》きましょ。」

「は、はい……。」

レオンさんがつづける。

「マダム、世継《よつ》ぎを産《う》まないあなたは、オーストリアからやってきた、ただのお姫《ひめ》さま、いや、お客《きゃく》さまなのです。」

「そんな……。」

「いや、お客《きゃく》さまも、ほめすぎですな。よそ者《もの》、なのです。フランス王室《おうしつ》にとっては、邪《じゃ》魔者《まもの》なのです。」

わたし、拓《た》っくん、亮平《りょうへい》くんは、マリー・アントワネットさんの前《まえ》をふさぐように立《た》った。

「マリー・アントワネットさんにあやまってください！」

抗議《こうぎ》するわたしのうしろで、拓《た》っくんと亮平《りょうへい》くんも腕組《うでぐ》みをして立《た》ってくれている。

レオンさんは、かまわずにつづける。

「フランス王室《おうしつ》にとって、あなたは邪魔《じゃま》な存在《そんざい》なのです。」

マリー・アントワネットさんがきいた。

「だれが、わたくしを殺《ころ》そうとしてるの？　だれが、あなたを送《おく》りこんだの？　おじいさまのルイ十五世《せい》？」

「ちがいますよ。――国王《こくおう》のルイ十五世《せい》は、マダムにはやさしい。」

「なら、だれ？」

レオンさんは答《こた》えない。

マリー・アントワネットさんが、はっとしていう。

「ひょっとして……あなた、わたくしを追《お》い出《だ》して、かわりに……だれかを……。」

ずっとだまっていたフェルディナンさんがいう。

「レオンさん。あなたの身内《みうち》のだれかを、王太子妃《おうたいしひ》にしたい……ちがいますか。」

レオンさんが薄《うす》く笑《わら》う。

「ふふふ。知《し》られた以上《いじょう》、ここにいる者《もの》を生《い》きて帰《かえ》すわけにはいかん。このオペラ座《ざ》で死《し》んでもらう。」

レオンさんは腰《こし》に差《さ》したサーベルを抜《ぬ》いた。

「こちらは、わたしもマリーさんも子《こ》どもたちも武器《ぶき》を持《も》っていないのに、卑怯《ひきょう》というもの。」

そういいながら、フェルディナンさんは、マリー・アントワネットさんの前《まえ》に並《なら》ぶわたしたちの、さらに前《まえ》に立《た》った。

「どうせ、殺《ころ》すのだ。卑怯《ひきょう》とか、卑怯《ひきょう》でないとかなんて、関係《かんけい》ない。」

レオンさんが斜《しゃ》に構《かま》え、右手《みぎて》ににぎった剣《けん》を、すっと前《まえ》に出《だ》した。右《みぎ》ひじから、セーヌ川《がわ》の水《みず》がしたたっている。

フェルディナンさん、両手《りょうて》を広《ひろ》げて、わたしたちを守《まも》ろうとしてくれている。

マリー・アントワネットさんが、フェルディナンさんにきく。

「だいじょうぶなの?」

「こちらにサーベルはないのです。だいじょうぶなわけないじゃないですか。でも、わたしは男《おとこ》です。女性《じょせい》や子《こ》どもたちを守《まも》らなければいけません。」

そのとき──。

──「だんな！　これを使《つか》っておくれ！」

声《こえ》がしたほうを振《ふ》り返《かえ》ると、洋服屋《ようふくや》の店主《てんしゅ》がでっぷりとした身体《からだ》を揺《ゆ》らしながら出入《でい》り口《ぐち》から入《はい》ってくるところだった。鞘《さや》のついたサーベルを高《たか》く掲《かか》げている。

フェルディナンさんがきく。

「どうして、あなたがサーベルを？」

「これ？　これも客《きゃく》が代金《だいきん》のかわりに置《お》いていったんでさ。」

あっ、そういえば……洋服屋《ようふくや》に入《はい》ったとき、洋服以外《ようふくいがい》のもののなかにサーベルがあった……。

店主《てんしゅ》がつづける。

「あのあと寝《ね》られなくてね。ちょっと散歩《さんぽ》に出《で》たら、オペラ座《ざ》から明《あ》かりがもれてる。のぞいてみたら、サーベル差《さ》したやつが、だんなたちと向《む》き合《あ》ってやがる。イヤな予感《よかん》がしたんで、店《みせ》にもどって、サーベルを持《も》ってきたんでさ。──だんな！　ほらよ！」

店主《てんしゅ》が、手《て》にしたサーベルを高々《たかだか》と放《ほう》り上《あ》げた。

サーベルは、弧《こ》を描《えが》いて空中《くうちゅう》を舞《ま》った。レオンさんの頭上《ずじょう》を通《とお》りすぎ……フェルディナンさんの左手《ひだりて》に、すとんとおさまった。

レオンさんが薄《うす》く笑《わら》う。

「これで『武器《ぶき》がない。』とか、『卑怯《ひきょう》。』とか、いわせない。五分《ごぶ》と五分《ごぶ》、男《おとこ》なら正々《せいせい》堂々《どうどう》と勝負《しょうぶ》しろ。」

「いいだろう。」

フェルディナンさんは鞘《さや》を払《はら》うと、右手《みぎて》にサーベルをにぎった。

「うっ……。」

でもそれを床《ゆか》に落《お》としてしまった。サーベルが音《おと》をたてる。

そうだ。フェルディナンさんは、マリー橋《ばし》の上《うえ》で、レオンさんに右腕《みぎうで》を斬《き》られ、怪我《けが》をしているのだ。

フェルディナンさんが、腰《こし》を折《お》って、サーベルを拾《ひろ》う。

「くそっ。」

こんどは、しっかりにぎろうとしている。でも手《て》に力《ちから》が入《はい》らないのか、切《き》っ先《さき》がだらりと下《さ》がってしまう。

マリー・アントワネットさんが心配《しんぱい》そうにきく。

「だいじょうぶなの？」

「さて、どうでしょう？」

「心配《しんぱい》な人《ひと》ね……。」

出入《でい》り口《ぐち》から、洋服屋《ようふくや》の店主《てんしゅ》の声《こえ》が聞《き》こえてくる。

――「だんな！　勝《か》ってくださいよ！」

フェルディナンさんが小《ちい》さくうなずく。

「わたしが勝《か》ったら？」

――「そのサーベル、差《さ》し上《あ》げます！」

「わたしが負《ま》けたら？」

――「そのサーベル、買《か》い取《と》っていただきます！」

レオンさんが笑《わら》う。

「勝《か》てると思《おも》っているのか。」

いうなり、レオンさんは右足《みぎあし》を前《まえ》に出《だ》し、サーベルを繰《く》り出《だ》した。

一歩《ぽ》遅《おく》れて、フェルディナンさんが後退《こうたい》する。

レオンさんは、どんどんサーベルを繰《く》り出《だ》す。

そのたびにフェルディナンさんは、ずりずりと後退《こうたい》する。レオンさんのサーベルを払《はら》うこともできないでいる。にぎっているのが、せいいっぱいみたいだ。

マリー・アントワネットさんが、フェルディナンさんにいう。

「怪我《けが》してて、決闘《けっとう》をする人《ひと》がどこにいますか。」

どんどん攻《せ》めこまれながら、フェルディナンさんがいう。

「怪我《けが》をしてても、あなたを守《まも》らなければならないのです。」

フェルディナンさんは、そこで言葉《ことば》をいちど切《き》って、いった。

「いえ、守《まも》りたいのです。」

でも、もう、舞台《ぶたい》はすぐそこ。

「ほら、どうした、攻《せ》めてこい。」

レオンさんは、フェルディナンさんをさらに追《お》いつめていく。

レオンさんが強《つよ》くサーベルを突《つ》き出《だ》した。自分《じぶん》のサーベルで払《はら》ったフェルディナンさんがうめいた。

「うっ。」

サーベルを床《ゆか》に落《お》とす。

――「あっ。」

洋服屋《ようふくや》の店主《てんしゅ》の声《こえ》が聞《き》こえてきた。

レオンさんが笑《わら》った。

「その右手《みぎて》では、ろくに戦《たたか》えまい。もう降参《こうさん》か？」

⑩ マリー・アントワネットの勇姿《ゆうし》

マリー・アントワネットさんが動《うご》いた。

走《はし》っていくと、レオンさんを払《はら》いのけ、フェルディナンさんが床《ゆか》に落《お》としたサーベルを拾《ひろ》った。

えっ⁉　マジで？

サーベルを拾《ひろ》いあげたマリー・アントワネットさんは、通路《つうろ》を走《はし》ると、舞台《ぶたい》に這《は》い上《あ》がった。

そして、レオンさんのほうを向《む》いてさけんだ。

「いらっしゃいよ！　わたくしがお相手《あいて》するわ！」

わたしたちの後方《こうほう》、出入《でい》り口《ぐち》のところで洋服屋《ようふくや》の店主《てんしゅ》がさけぶ。

――「よっ！　マダム！　カッコいいですぜ！」

マリー・アントワネットさん、にっこり笑《わら》う。

とってもかわいい笑顔《えがお》だった。

さらに店主《てんしゅ》がさけぶ。

――「その服《ふく》、最高《さいこう》ですぜ！」

「ありがとう！」

マリー・アントワネットさんは、サーベルをにぎっていないほうの左手《ひだりて》を前《まえ》に出《だ》し、手《て》のひらを上《うえ》に向《む》け、人差《ひとさ》し指《ゆび》から小指《こゆび》までをゆっくり曲《ま》げて手招《てまね》きした。

「いらっしゃいよ。」

「マダム、剣《けん》の修業《しゅぎょう》などしていないでしょう。このレオンに勝《か》てると思《おも》っているのですか？」

「やってみなければわからないでしょ。」

「おもしろい。」

レオンさんが颯爽《さっそう》とした身《み》のこなしで舞台《ぶたい》にあがった。

舞台上《ぶたいじょう》で、マリー・アントワネットさんと向《む》き合《あ》う。

おたがい半身《はんみ》になり、右手《みぎて》ににぎったサーベルを向《む》け合《あ》う。

レオンさんが薄《うす》く笑《わら》う。

「ほんとうにいいんですね？　負《ま》けても。」

「負《ま》けないわ。」

「負《ま》けたら、どうなるか、わかってますね？　この舞台《ぶたい》に、マダムの血《ち》が流《なが》れることになるのです。」

「負《ま》けないわよ。」

「手加減《てかげん》しませんよ。」

いうなり、レオンさんはサーベルを繰《く》り出《だ》した。まるでフェンシングの選手《せんしゅ》のように、次《つぎ》から次《つぎ》にサーベルを繰《く》り出《だ》していく。

マリー・アントワネットさんは、サーベルを左右《さゆう》に動《うご》かして払《はら》うのがせいいっぱいなかんじ。

攻《せ》められて、どんどん後退《こうたい》していく。

一瞬《いっしゅん》、油断《ゆだん》してレオンさんの動《うご》きが鈍《にぶ》くなったとき、わたしはさけんだ。

「マリーさん！　いまです！　サーベルを巻《ま》きあげて！」

マリーさんがサーベルを巻《ま》きあげれば、レオンさんのサーベルを上《うえ》に飛《と》ばすことができるのではないかと考《かんが》えたのだ。

マリー・アントワネットさんは、サーベルをくるりと回《まわ》して、腕《うで》を上《うえ》にあげた。

カキン！

金属音《きんぞくおん》がした。

「うっ！」

レオンさんがうなる。

サーベルがレオンさんの手《て》から離《はな》れ、舞《ま》い上《あ》がった。

「あっ……。」

マリー・アントワネットさんが、そのサーベルを見上《みあ》げる。

動《うご》きが、一瞬《いっしゅん》、遅《おく》れた。

マリー・アントワネットさんが、レオンさんの頭《あたま》めがけてサーベルを振《ふ》り下《お》ろした……

んだけど……。

レオンさんが、左手《ひだりて》をまっすぐに突《つ》き上《あ》げた。

サーベルをにぎったマリー・アントワネットさんの右手首《みぎてくび》をがっちりつかんでいる。

そこへ、舞《ま》い上《あ》がったサーベルが落《お》ちてきた。

まずい！

このままじゃ、レオンさんが、落《お》ちてくるサーベルをにぎりなおして、マリー・アントワネットさんを斬《き》っちゃう！

わたしは走《はし》った。

気《き》がつくと、舞台手前《ぶたいてまえ》で、こちらを向《む》いて立《た》っているフェルディナンさんが両手《りょうて》を前《まえ》に出《だ》していた。両手《りょうて》のひらを上《うえ》にして……。

「ここに足《あし》を！」

「でも右手《みぎて》は怪我《けが》を……。」

「いいから、早《はや》く！」

「はい！」

助走《じょそう》をつけたわたしは、右足《みぎあし》で床《ゆか》を踏《ふ》みつけて……ホップ！　……ステップ！
フェルディナンさんの両手《りょうて》のひらに左足《ひだりあし》をのせて……ジャンプ！
宙《ちゅう》を舞《ま》って、舞台《ぶたい》に立《た》つレオンさんの少《すこ》し手前《てまえ》に着地《ちゃくち》。
落下《らっか》してきたレオンさんのサーベルを、思《おも》いっきり回《まわ》し蹴《げ》りした。
わたしの足先《あしさき》で払《はら》われたサーベルが床《ゆか》のほうへ飛《と》んでいく。
——「ひーっ！」
背後《はいご》で、フェルディナンさんの悲鳴《ひめい》が聞《き》こえた。
目《め》の端《はし》で見《み》ると、フェルディナンさんのすぐ脇《わき》の床《ゆか》にサーベルが落《お》ちていた。
「おのれ！　小娘《こむすめ》！」
レオンさんが右手《みぎて》をわたしのほうに突《つ》き出《だ》してくる。
わたしは、その右手《みぎて》にしがみついた。
「あっ！」
さらに、レオンさんの胴体《どうたい》に拓《た》っくんがタックルしていく。
わたしのときのように、フェルディナンさんが飛《と》び上《あ》がらせてくれたのだ。

わたしと拓《た》っくんのタックルで、マリー・アントワネットさんの右手首《みぎてくび》をつかんでいたレオンさんの左手《ひだりて》が離《はな》れ、三人《にん》が団子状態《だんごじょうたい》になった。

いつもなら、レオンさんは倒《たお》れたりしないのかもしれないけど……。

「あっ！」

レオンさんは、自分《じぶん》の衣服《いふく》からしたたった水《みず》に足《あし》を滑《すべ》らせ、舞台上《ぶたいじょう》に仰向《あおむ》けに倒《たお》れていった。

わたしと拓《た》っくんは、レオンさんに覆《おお》いかぶさるような姿勢《しせい》で倒《たお》れていった。

だんっ！

大《おお》きな音《おと》をたてて、濡《ぬ》れた床《ゆか》にかたまって倒《たお》れこんだ。

拓《た》っくんがさけぶ。

「亮平《りょうへい》！　おまえも手伝《てつだ》え！」

肩越《かたご》しに振《ふ》り向《む》くと、亮平《りょうへい》くんはジャンプできず、舞台《ぶたい》に這《は》い上《あ》がってきた。

そしてドタドタと舞台《ぶたい》の上《うえ》を走《はし》ってくる。

拓《た》っくんがさけぶ。

「そのまま、乗《の》るなーっ！」

でも遅《おそ》かった。

背中《せなか》に、すごい衝撃《しょうげき》が走《はし》った。

「きゃっ！」

「ぎゃっ！」

わたしと拓《た》っくんのうめき声《ごえ》につづいて、いちばん下《した》でつぶれているレオンさんのうめき声《ごえ》がした。

「うげっ！」

レオンさんは目《め》を回《まわ》している。

そこで舞台《ぶたい》に上《あ》がってきたタイムの吠《ほ》える声《こえ》が聞《き》こえてきた。

――「ワン！　ワンワン！」

タイムがなにをしようとしているかわかったわたしは、さけんだ。

「亮平《りょうへい》くん！　拓《た》っくん！　どいて！」

「わ、わかった……。」

大《おお》きな重《おも》みがなくなったと同時《どうじ》に、拓《た》っくんとわたしもどいた。

その直後《ちょくご》！

タイムがジャンプ！

レオンさんの顔《かお》の上《うえ》に着地《ちゃくち》するなり、右《みぎ》うしろ足《あし》をあげた。

ジャー――。

「ぎゃあああ！」

レオンさんが悲鳴《ひめい》をあげる。その口《くち》に、タイムのおしっこが……。

「ぎゃあああ！」

タイムが飛《と》びのく。

おしっこまみれになったレオンさんを、右手《みぎて》にサーベルをにぎったままのマリー・アントワネットさんが見下《みお》ろす。

「わたくしの勝《か》ちね。」

「うっ……くっ……ぺっ、ぺっ！」

レオンさんが、タイムのおしっこを吐《は》き出《だ》す。

マリー・アントワネットさんが、レオンさんを見下《みお》ろしながら宣言《せんげん》した。

「わたくしは、邪魔者《じゃまもの》でも、お客《きゃく》さんでも、ただのお姫《ひめ》さまでもありません。王太子妃《おうたいしひ》の立場《たちば》を退《しりぞ》くつもりはありません。いますぐじゃないかもしれないけど、いつか跡継《あとつ》ぎも産《う》んでみせる。だからもう、わたくしをフランス王室《おうしつ》から追《お》い出《だ》そうなんて思《おも》わないで。」

マリー・アントワネットさんは、そこで、いちど言葉《ことば》を切《き》った。そして、まだ湯気《ゆげ》が立《た》っているレオンさんの顔《かお》をのぞきこんで、たしかめるようにきく。

「……よろしくって?」

レオンさんは、小《ちい》さく、なんどもうなずいた。

「あなたが約束《やくそく》を守《まも》ってくれるなら、今日《きょう》のことはなかったことにしてあげる。これまでどおり働《はたら》いてちょうだい。わかったら、馬車《ばしゃ》をここまで持《も》ってきて。――ほら、早《はや》く。」

「わ、わかりました……。」

あわてて立《た》ち上《あ》がり、舞台《ぶたい》からおりたレオンさんに、フェルディナンさんが、床《ゆか》に落《お》ちていたサーベルを拾《ひろ》って返《かえ》した。

「なくなると困《こま》るでしょ。」

レオンさんが、まじめな顔《かお》できく。

「どこまで知《し》っていたのです。」

「どこまでとは？」

「マダムのこと、わたしのこと……。」

「ぜんぶです。」

「ぜんぶ？」

「フランス王室内部《おうしつないぶ》で、王太子妃《おうたいしひ》マリー・アントワネットを暗殺《あんさつ》しようとしている者《もの》がいることと。ですが、もし、そんなことになれば、せっかく結《むす》ばれたフランスとオーストリアの同盟《どうめい》がくずれ、プロイセンの脅威《きょうい》が増《ま》すことになります。それだけではない。ヨーロッパ全体《ぜんたい》を巻《ま》きこんだ戦争《せんそう》になりかねない。だからマリー・アントワネットを守《まも》るため、わたしが父《ちち》から指名《しめい》されたのです。」

「父《ちち》……？」

「フレデリック・アクセル・フォン・フェルセン侯爵《こうしゃく》です。」

「フレデリック・アクセル・フォン・フェルセン……ということは、あなたは……スウェーデンの……。」

「ハンス・アクセル・フォン・フェルセン伯爵《はくしゃく》です。マリー・アントワネットさまの前《まえ》では、『フェルセン』ではなく、あえて、名前《なまえ》をフランス人風《じんふう》の『フェルディナン』に変《か》えていました。」

香里《かおり》の豆知識《まめちしき》

フェルセン

一七五五年《ねん》生《う》まれだから、マリー・アントワネットさんと同《おな》い年《どし》。スウェーデンの名門《めいもん》貴族《きぞく》の出身《しゅっしん》で、爵位《しゃくい》は伯爵《はくしゃく》。マリー・アントワネットの愛人《あいじん》として有名《ゆうめい》で、『ベルサイユのばら』では「フェルゼン」の名《な》で登場《とうじょう》するの。マリー・アントワネットとは一七七四年《ねん》にパリの仮面舞踏会《かめんぶとうかい》で初対面《はったいめん》することになってるの。

「スウェーデン人《じん》にしてはフランス語《ご》が堪能《たんのう》……。」

「父《ちち》がフランスびいきでしてね。家《いえ》のなかではずっとフランス語《ご》でしたので。」

正体《しょうたい》を明《あ》かしてからのフェルディナンさん、ううん、フェルセン伯爵《はくしゃく》は口調《くちょう》も変《か》わり、急《きゅう》に凛々《りり》しく見《み》えはじめた。

フェルセン伯爵《はくしゃく》が、レオンさんにいう。

「さあ、マリー・アントワネットさまの馬車《ばしゃ》をこれへ。」

「はっ。」

レオンさんが脱兎《だっと》のごとく駆《か》けだしていく。

出入《でい》り口《ぐち》にいて、なりゆきを見守《みまも》っていた洋服屋《ようふくや》の店主《てんしゅ》は床《ゆか》にすわりこんでいる。自分《じぶん》の店《みせ》にやってきた女性《じょせい》がマリー・アントワネットさんだと知《し》って、びっくりして腰《こし》を抜《ぬ》かしているのかな？　まして店主《てんしゅ》は、マリー・アントワネットさんに向《む》かって「王太子妃《おうたいしひ》」の悪口《わるくち》をぶつけていたのだから。

フェルセン伯爵《はくしゃく》がマリー・アントワネットさんにいう。

「そのサーベルを……。」

マリー・アントワネットさんがサーベルを渡《わた》すと、フェルセン伯爵《はくしゃく》は通路《つうろ》で鞘《さや》を拾《ひろ》っておさめ、店主《てんしゅ》のほうに近《ちか》づいていってサーベルを返《かえ》した。そして、なにかささやくと、洋《よう》服屋《ふくや》の店主《てんしゅ》もまた、脱兎《だっと》のごとく駆《か》けだしていった。

マリー・アントワネットさんが、その背中《せなか》に声《こえ》をかける。

「なんども助《たす》けてくださって、ありがとう！」

いちど立《た》ち止《ど》まった店主《てんしゅ》が、顔《かお》をうつむかせて、また走《はし》りだした。

もどってきたフェルセン伯爵《はくしゃく》に、マリー・アントワネットさんがきく。

「なんていったのです？」

「今夜《こんや》のことは忘《わす》れたほうが身《み》のためですよ、と。」

「洋服屋《ようふくや》さん、かわいそうに。」

「それよりも、マダム。」

「はい。」

「今夜《こんや》のことは、なかったことになりましょう。ですから、わたしは、あなたとは会《あ》っていない。ですが、近《ちか》い将来《しょうらい》、かならずや再会《さいかい》することでしょう。」

そういうと、フェルセン伯爵《はくしゃく》は、うやうやしく礼《れい》をした。

マリー・アントワネットさんがきく。

「では……セーヌ川《がわ》にパンを落《お》としたというのは……。」

「ウソです。」

「靴職人《くつしょくにん》というのは……。」

「ウソです。」

「では、ご職業《しょくぎょう》は？　ただの貴族《きぞく》ではなさそうですけど。」

「軍人《ぐんじん》でもあります。」

「たびたびレオンに打《う》ちまかされたりしたのは……。」

「ははは。正体《しょうたい》を明《あ》かさないまま、マダムをお守《まも》りしようと思《おも》っていたのですが、マリー橋《ばし》の上《うえ》では、ちょっと油断《ゆだん》して、怪我《けが》をしてしまいました。申《もう》し訳《わけ》ありませんでした。」

「わたくしをだましていたなんて、悪《わる》い男《おとこ》ね。」

「悪《わる》いといえば……ベルサイユ宮殿《きゅうでん》を抜《ぬ》けだしてくるほうが、いたずらが過《す》ぎると思《おも》いますよ。」

「わたくしは自由《じゆう》になりたかったの。」

フェルセン伯爵《はくしゃく》が、きりっとした顔《かお》つきになって、いった。

「マリー・アントワネットさま……。」

わたしも、拓《た》っくんも、亮平《りょうへい》くんも、固唾《かたず》をのんで、フェルセン伯爵《はくしゃく》の言葉《ことば》を待《ま》っていた。

「……自由《じゆう》になる道《みち》も、あります。」

「え……。」

「ベルサイユ宮殿《きゅうでん》にもどらず、もっといえば、オーストリアにももどらず、このまま、一《いち》市民《しみん》マリーとして生《い》きるのです。」

マリー・アントワネットさんの目《め》は左右《さゆう》に泳《およ》いでいる。

フェルセン伯爵《はくしゃく》、なんてことを……。

もしマリー・アントワネットさんが、一《いち》市民《しみん》になる道《みち》を選《えら》んだら、歴史《れきし》が変《か》わっちゃう……。

でも、ここはマリー・アントワネットさんの意思《いし》を知《し》りたい。彼女《かのじょ》の本音《ほんね》を知《し》りたい。

沈黙《ちんもく》が流《なが》れた。

マリー・アントワネットさんは唇《くちびる》をかみしめると、ひとつうなずき、顔《かお》をあげた。

しゃきっとした顔《かお》つきになってる。

「いえ。わたくし、ベルサイユにもどりますわ。」

フェルセン伯爵《はくしゃく》がきく。

「よろしいのですか？」

「わたくしは、自由《じゆう》を謳歌《おうか》したくて、したいことをしたくて、ベルサイユ宮殿《きゅうでん》から抜《ぬ》けだしてきました。でも、わたくしは王太子妃《おうたいしひ》なのです。宮殿《きゅうでん》のみなさんが、いいえ、パリの人《ひと》たちが、いいえ、フランスの人《ひと》たちが、わたくしのことを見《み》ているのですから。」

「さすがは、マリー・アントワネットさま。とても十七歳《さい》とは思《おも》えないご発言《はつげん》。ご立派《りっぱ》です。わたしと同《おな》じ年齢《ねんれい》とは思《おも》えない。」

わたし、拓《た》っくん、亮平《りょうへい》くんは、いちどに口《くち》を開《ひら》いていた。

「えっ！」

「マジか、ありえねえ！」

「おとなだ……。」

それを聞《き》いて、フェルセン伯爵《はくしゃく》は平然《へいぜん》と微笑《ほほえ》み、マリー・アントワネットさんは「同《どう》感《かん》！」ってかんじでうなずいた。

「まあ！　わたくしと同《おな》じ年《とし》とは思《おも》えないくらい、しっかりしていらっしゃるのね。」

「まだまだです。よく父《ちち》に叱《しか》られますから。——それにしても、えらい目《め》に遭《あ》いましたね。」

「軽《かる》い気持《きも》ちでベルサイユ宮殿《きゅうでん》を抜《ぬ》けだしたから、罰《ばち》があたったのかもしれないわ。」

「でも、そのおかげで、わたしは、あなたのようなすてきな女性《じょせい》とお目《め》にかかることができました。感謝《かんしゃ》します。」

「まあっ……。」

マリー・アントワネットさんの頬《ほお》がかすかに赤《あか》らむのがわかった。

それを見《み》ているフェルセン伯爵《はくしゃく》の顔《かお》もかすかに赤《あか》くなっているのがわかった。

わたしは、思《おも》わず、いってしまった。

「ま、ふたりとも恋《こい》しちゃって。いいなあ、恋《こい》。わたしもフェルセン伯爵《はくしゃく》みたいなイケメンと恋《こい》したいなあ。」

――「え……。」

――「そんなっ……。」

拓《た》っくんと亮平《りょうへい》くんの声《こえ》が聞《き》こえてくる。

フェルセン伯爵《はくしゃく》がうやうやしく礼《れい》をする。

「では、マリー・アントワネットさま。夜明《よあ》けまでに、無事《ぶじ》、ベルサイユ宮殿《きゅうでん》に帰《かえ》られることをお祈《いの》りしております。」

そういって、まわれ右《みぎ》をする。

「フェルディナン、いえ、フェルセン伯爵《はくしゃく》！」

マリー・アントワネットさんが呼《よ》び止《と》める。

「次《つぎ》は、いつ、お目《め》にかかれますか？」

「そうですね。このパリで、仮面舞踏会《かめんぶとうかい》あたりでお目《め》にかかりましょう。」

フェルセン伯爵《はくしゃく》は、これでもかというくらい、颯爽《さっそう》と立《た》ち去《さ》っていった。

その背中《せなか》を見送《みおく》るマリー・アントワネットさんは、目《め》はキラキラで……顔《かお》は乙女《おとめ》そのものだった。

パカラッ、パカラッ、パカラッ、パカラッ……。

いくつもの馬《うま》のひづめの音《おと》。

劇場《げきじょう》の出入《でい》り口《ぐち》から、レオンさんが入《はい》ってきた。

「マダム、お待《ま》たせいたしました。」

「いま、行《い》くわ。」

舞台《ぶたい》の上《うえ》で、マリー・アントワネットさんがわたしたちにいった。

「香里《かおり》、拓哉《たくや》、亮平《りょうへい》。――あなたたちのおかげで、ちょっとハラハラしたけど、楽《たの》しい夜《よる》だったわ。」

わたしが代表《だいひょう》して答《こた》えた。

「セーヌ川《がわ》に落《お》ちかかったときは、どうなることかと思《おも》いましたけど。」

「落《お》ちなかったから、いい思《おも》い出《で》。レオンみたいに落《お》ちていたら、最悪《さいあく》だったわね。」

マリー・アントワネットさんが、ちょっと、しんみりした顔《かお》になる。

「わたくしの、つかのまの自由《じゆう》、ううん、わがままも、これでおしまい！」

マリー・アントワネットさんは、舞台《ぶたい》から飛《と》びおりた。

一階《かい》の広《ひろ》い空間《くうかん》、さらにロビーを抜《ぬ》け、わたしたちは、そろってオペラ座《ざ》から出《で》た。

正面《しょうめん》に馬車《ばしゃ》が横付《よこづ》けされていた。

空《そら》は群青色《ぐんじょういろ》で、まだ夜《よ》は明《あ》けていない。夜明《よあ》けまでにベルサイユ宮殿《きゅうでん》に着《つ》けばいいけど。

「香里《かおり》、拓哉《たくや》、亮平《りょうへい》、ごきげんよう。あなたたち、ちゃんと未来《みらい》に帰《かえ》れる？」

わたしは、わが耳《みみ》を疑《うたが》った。

「どうして……？」

「……知《し》ってるの？」

「はい……。」

「だって、あなたたちが着《き》てた服《ふく》、とっても、この時代《じだい》のものとは思《おも》えなかったもの。」

「はい……。」

「それに、いまが一七七三年《ねん》五月《がつ》ってことも知《し》らなかったでしょ。」

たしかに、そうだった。マリー・アントワネットさん、すごい。

「心配《しんぱい》しなくていいわ。このことは、わたくしたちだけのナイショ。——じゃあね。」

マリー・アントワネットさんが馬車《ばしゃ》に乗《の》った。窓《まど》から手《て》を出《だ》し、わたしたちにバイバイしてくれた。

レオンさんを乗《の》せた馬《うま》、マリー・アントワネットさんを乗《の》せた馬車《ばしゃ》を見送《みおく》りながら、わたしはいった。

「マリー・アントワネットさん、また宮廷《きゅうてい》にもどっちゃうのね。」

「つかのまの自由《じゆう》だったわけか。」

拓《た》っくんにつづいて、亮平《りょうへい》くんがいう。

「ちょっと気《き》の毒《どく》だよ。もっと羽《はね》を伸《の》ばしてほしかったな。」

そのときだった。

——「どけーっ！」

すぐうしろから声《こえ》が聞《き》こえてきた。

見《み》ると、もどっていったはずの洋服屋《ようふくや》の店主《てんしゅ》が、両手《りょうて》にマリー・アントワネットさんがベルサイユ宮殿《きゅうでん》から着《き》てきた黒《くろ》いドレスと帽子《ぼうし》を抱《かか》えて走《はし》ってくるところだった。

店主《てんしゅ》がさけぶ。

「王太子妃《おうたいしひ》の服《ふく》なんか持《も》ってたら、どんな罰《ばつ》を受《う》けるかわからねえ！　返《かえ》します！　返《かえ》しますから！」

その店主《てんしゅ》とわたしたちは、ぶつかった。

「きゃっ！」

ぶつかったはずみで、店主《てんしゅ》が持《も》っていたドレスが宙《ちゅう》に浮《う》く。

わたし、拓《た》っくん、亮平《りょうへい》くんは、そのドレスをつかんだ。

タイムが、わたしにしがみつく。

目《め》の前《まえ》が真《ま》っ白《しろ》になった。

⑪ フリマをとりもどせ!

「きゃーっ!」

女子高生《じょしこうせい》三人《にん》が同時《どうじ》に尻《しり》もちをついた。

お化《ば》けでも見《み》るような目《め》で、団子状態《だんごじょうたい》になって転《ころ》がっているわたしたちを見《み》ている。

はじめに古着《ふるぎ》を抱《かか》えていた女子高生《じょしこうせい》がさけぶ。

「な、なに、その格好《かっこう》! いつの間《ま》に着替《きか》えたの! 早着替《はやきが》え!? すごっ!」

わたしたちは一七七三年《ねん》のパリの洋服屋《ようふくや》で着替《きか》えさせてもらったままだった。

さらに、その女子高生《じょしこうせい》がさけぶ。

「なに、そのドレス! すごっ!」

わたし、拓《た》っくん、亮平《りょうへい》くんは、マリー・アントワネットさんのドレス一式《いっしき》をつかんでいたからだ。さらにマリー・アントワネットさんの帽子《ぼうし》の下《した》から、タイムが姿《すがた》をあらわす。

わたしは、あわてて、ドレスと帽子《ぼうし》を拾《ひろ》って、うしろ手《で》に隠《かく》した。

わたしは、タイムスリップする前《まえ》の状況《じょうきょう》を思《おも》い出《だ》していた。

この女子高生《じょしこうせい》三人《にん》にフリマのブースを乗《の》っ取《と》られかけていたのだ。

拓《た》っくん、亮平《りょうへい》くんにつづいて立《た》ち上《あ》がったわたしは、亮平《りょうへい》くんの作《つく》ったルアーが散《ち》らばったブースの上《うえ》で、腰《こし》に両手《りょうて》をあてて、胸《むね》を張《は》って立《た》った。

拓《た》っくんと亮平《りょうへい》くんもならう。

わたしは大《おお》きな声《こえ》でいった。

「ここは、わたしたちのブースです！　わたしたちは、ちゃんと申《もう》し込《こ》んで、抽選《ちゅうせん》にあたって、手続《てつづ》きをふんだんです。使《つか》いたいなら、次《つぎ》のフリマに申《もう》し込《こ》んで、抽選《ちゅうせん》にあたるのを待《ま》ってください！」

わたしがいうと、周囲《しゅうい》のブースからいっせいに拍手《はくしゅ》が起《お》こった。

その拍手《はくしゅ》に押《お》されるように、女子高生《じょしこうせい》三人《にん》は自分《じぶん》たちが勝手《かって》に持《も》ってきた出品物《しゅっぴんぶつ》を抱《かか》えて去《さ》っていった。

わたしたちのうしろから、上岡《かみおか》さんの声《こえ》が聞《き》こえてきた。

近《ちか》くのブースの人《ひと》には聞《き》こえないくらいの声《こえ》で、だ。

「君《きみ》たち、どこで、だれと会《あ》ってきたんだい。」

「パリで、マリー・アントワネットさんと、です。」

「だから、その服装《ふくそう》なんだね。それに、そのドレス……。」

「マリー・アントワネットさんの、です。」

上岡《かみおか》さんの目《め》がかがやく。

上岡《かみおか》さんは、マリー・アントワネットさんのドレスをコレクションの一部《いちぶ》にくわえたいのだ。

わたしに、じっと見《み》られているのに気《き》づいた上岡《かみおか》さんが、顔《かお》をぶるぶると振《ふ》ってから、まじめな顔《かお》になって、きいてきた。

「おっほん。――で、フランス革命《かくめい》ははじまっていたかい？」

「いえ、まだでした。」

香里《かおり》の豆知識《まめちしき》

わたしたちと深夜《しんや》のパリで冒険《ぼうけん》をともにしたマリー・アントワネットさんは、あのあと、どんな人生《じんせい》を送《おく》ったんだろうね。あとで調《しら》べてわかったことを書《か》いておくね。お願《ねが》いだから、読《よ》んでね。

マリー・アントワネット年表《ねんぴょう》②

一七七三年《ねん》　王太子《おうたいし》ルイ・オーギュストとともにパリを訪問《ほうもん》し、民衆《みんしゅう》の歓迎《かんげい》を受《う》ける。

一七七四年《ねん》　王太子《おうたいし》の祖父《そふ》ルイ十五世《せい》死去《しきょ》。
スウェーデンのフェルセン伯爵《はくしゃく》と出会《であ》う。
離宮《りきゅう》プチ・トリアノンを手《て》に入《い》れる。

一七七八年《ねん》　第《だい》一王女《おうじょ》マリー・テレーズ・シャルロット誕生《たんじょう》。

一七八〇年《ねん》　フェルセン伯爵《はくしゃく》と親《した》しくなる。
一七八一年《ねん》　プチ・トリアノンに小劇場《しょうげきじょう》を作《つく》って、みずから舞台《ぶたい》に立《た》つ。第一王子《だいいちおうじ》（ルイ＝ジョゼフ・ド・フランス）誕生《たんじょう》。
一七八三年《ねん》　フェルセンがアメリカ独立戦争《どくりつせんそう》から帰国《きこく》。
一七八五年《ねん》　第二王子《だいにおうじ》（ルイ＝シャルル。のちのルイ十七世《せい》）誕生《たんじょう》。首飾《くびかざ》り事件《じけん》が発覚《はっかく》する。
一七八六年《ねん》　第二王女誕生《だいにおうじょたんじょう》。数《すう》か月《げつ》で死去《しきょ》。
一七八九年《ねん》　第一王子死去《だいいちおうじしきょ》。
フランス革命起《かくめいお》きる。
一家《いっか》はベルサイユ宮殿《きゅうでん》からパリのテュイルリー宮殿《きゅうでん》に移《うつ》る。
一七九一年《ねん》　フェルセンの提案《ていあん》でパリを脱出《だっしゅつ》するが連《つ》れもどされる。
一七九二年《ねん》　フランスがオーストリアに宣戦布告《せんせんふこく》。マリー・アントワネットはオーストリアに軍部情報《ぐんぶじょうほう》を通報《つうほう》。
一家《いっか》はタンプル塔《とう》に投獄《とうごく》される。

一七九三年《ねん》　ルイ十六世処刑《せいしょけい》される。
息子《むすこ》ルイ十七世《せい》と引《ひ》きはなされる。
コンシェルジュリーに投獄《とうごく》される。
革命裁判所《かくめいさいばんしょ》で死刑判決《しけいはんけつ》を受《う》けて処刑《しょけい》される。

わたしは、上岡《かみおか》さんにきいた。

「マリー・アントワネットさんが、フランス革命《かくめい》が起《お》きたとき、食糧《しょくりょう》に困《こま》って押《お》し寄《よ》せた民衆《みんしゅう》をベルサイユ宮殿《きゅうでん》のベランダから見下《みお》ろしながら『パンがなければ、お菓子《かし》を食《た》べればいいのに。』といったというのはほんとうなんでしょうか。」

「どうだろうね。──民衆《みんしゅう》のあいだに広《ひろ》がったデマのせいで、悪人《あくにん》あつかいされてしまったのかもしれないね。」

「わたしたちが会《あ》ったマリー・アントワネットさんは、ちょっと元気《げんき》よすぎるくらいでしたけど、とても、すてきな人《ひと》でした。でも……。」

「でも……?」

上岡《かみおか》さんがききかえしてくる。

「マリー・アントワネットさんの最期《さいご》を思《おも》うと……。」

「夫《おっと》のルイ十六世《せい》が処刑《しょけい》され、息子《むすこ》のルイ十七世《せい》と引《ひ》きはなされ、最期《さいご》はマリー・アントワネットもギロチンにのぼることになる……。」

「ええ。」

「じつは、処刑《しょけい》される直前《ちょくぜん》、きれいな金髪《きんぱつ》だったのが、たった一夜《いちや》にして白髪《しらが》になってしまったというエピソードがあるんだよ。」

「えっ……かわいそう……。」

「苦労《くろう》したんですね。」

亮平《りょうへい》くんがぼそりというと、拓《た》っくんが首《くび》を横《よこ》に振《ふ》った。

「亮平《りょうへい》、それだけじゃないよ。牢獄《ろうごく》に入《い》れられて、もうすぐ処刑《しょけい》されるっていうのが、考《かんが》えられないくらいストレスだったんだよ。」

上岡《かみおか》さんがつづける。

「こんな話《はなし》も残《のこ》っているんだよ。」

「なんですか？」

悲《かな》しい話《はなし》なら聞《き》きたくなかった。

「ギロチンにかけられる前《まえ》、死刑執行《しけいしっこう》をする役人《やくにん》の足《あし》を踏《ふ》んでしまうんだけど、そのときマリー・アントワネットは『お許《ゆる》しくださいね、ムッシュ。わざとではありませんのよ。』といったらしい。やさしい人《ひと》だったようだね。」

わたしは、うなずいた。

「とても元気《げんき》のいい人《ひと》だけど、とてもやさしい人《ひと》でした。わたしたちにも、やさしくしてくれました。」

怪我《けが》をしたフェルセン伯爵《はくしゃく》の応急処置《おうきゅうしょち》をしたとき、洋服屋《ようふくや》さんの店主《てんしゅ》や、わたしたちに、「ありがとう。」っていってくれたことなどを思《おも》い出《だ》していた。

ふむふむとうなずいた上岡《かみおか》さんがいった。

「さっきの香里《かおり》ちゃんの、女子高生《じょしこうせい》たちへの言葉《ことば》を聞《き》いたところによれば、君《きみ》たちは、マリー・アントワネットと会《あ》って、なにか大事《だいじ》なものを学《まな》んできたようだね。」

「はい。このフリマを楽《たの》しむにしても、マリー・アントワネットさんがパリを楽《たの》しむにしても、自由《じゆう》を満喫《まんきつ》するには責任《せきにん》もついてくるんだ、ってことを知《し》りました。」

「君《きみ》たちが見《み》てきたことを、じっくり聞《き》きたいな。どうだい、これから、わたしの写真館《しゃしんかん》で紅茶《こうちゃ》でも飲《の》みながら。そのドレスをゆずってもらいたいし、君《きみ》たちも着替《きか》えなきゃいけないだろう。」

タイムスリップした先《さき》で着替《きか》えて二十一世《せい》紀《き》にもどってきたときのために、わたしたちの替《か》えの服《ふく》を上岡写真館《かみおかしゃしんかん》に置《お》かせてもらっているのだ。

散《ち》らばったルアーを見下《みお》ろしながら、拓《た》っ

くんがきく。

「亮平《りょうへい》、ぜんぶ売《う》るっていってたけど。」

「意地《いじ》を張《は》ってごめん。ぜんぶ拾《ひろ》ったら、おれ、店《みせ》に帰《かえ》る。」

亮平《りょうへい》くんは、しゃがむと、散《ち》らばっているルアーをかき集《あつ》めはじめた。

さらに亮平《りょうへい》くんが独《ひと》り言《ごと》のようにいう。

「ここで意地《いじ》張《は》ってルアーを売《う》ることじゃなくて、帰《かえ》って、店《みせ》を手伝《てつだ》うことが、おれの責《せき》任《にん》だもんな。

ここで亮平《りょうへい》くんだけ帰《かえ》して、上岡写真館《かみおかしゃしんかん》でお茶《ちゃ》するのは、女《おんな》がすたるというもの。

わたしもルアーを拾《ひろ》いながら上岡《かみおか》さんにいった。

「あっ、いっけない。わたしも、家《いえ》に帰《かえ》って、お手伝《てつだ》いさんに料理《りょうり》を習《なら》わないといけないんでした。」

ルアーを拾《ひろ》いながら、拓《た》っくんもいう。

「あ、そうだ、おれも家《いえ》の掃除《そうじ》、頼《たの》まれてるんだった。」

「香里《かおり》ちゃん……拓哉《たくや》……。」

ルアーをかき集《あつ》める亮平《りょうへい》くんの手《て》が一瞬《いっしゅん》止《と》まり、また動《うご》きはじめた。

わたしは上岡《かみおか》さんにいった。

「だから、マリー・アントワネットさんの話《はなし》は、また。とりあえず、ここをかたづけたら、着替《きが》えだけさせてください。」

上岡《かみおか》さんは、にっこりしながら、いった。

「わかった、わかった。土産話《みやげばなし》は、次《つぎ》までの楽《たの》しみにとっておこう。」

「はい！」

わたしたちは元気《げんき》よく返事《へんじ》をした。

あとがき

親愛《しんあい》なる読者諸君《どくしゃしょくん》。

第三《サード》シーズン（外国編《がいこくへん》）第四弾《だいだん》、楽《たの》しんでもらえましたか？

第《だい》一弾《だん》「ナポレオン」、第《だい》二弾《だん》「クレオパトラ」、第《だい》三弾《だん》「ベートーベン」……さて、第《だい》四弾《だん》は、どうしようか。

やっぱり世界史上《せかいしじょう》でも人気《にんき》のある有名人《ゆうめいじん》！　男性《だんせい》、女性《じょせい》、男性《だんせい》、ときたし、女性《じょせい》かな。女性《じょせい》だったら、池田理代子先生《いけだりよこせんせい》による国民的漫画《こくみんてきまんが》『ベルサイユのばら』でも知《し》られるマリー・アントワネットでしょ！

問題《もんだい》は、何歳《なんさい》のマリー・アントワネットを物語《ものがたり》に登場《とうじょう》させるか。

フランス革命《かくめい》を舞台《ぶたい》にする？　ん～、それだと宮殿内《きゅうでんない》から出《で》られないし、下手《へた》をしたら革命政府《かくめいせいふ》に捕《つか》まってしまって家族《かぞく》ともども監獄《かんごく》に送《おく》られてしまう。

なら、若《わか》いときはどうだろう。かといって、史実《しじつ》も無視《むし》できないし。

そう思《おも》って調《しら》べはじめたところ、マリー・アントワネットが結婚《けっこん》して三年目《ねんめ》の一七七三年《ねん》六月八日《がつようか》に夫《おっと》とともにパリに行《い》く前《まえ》、待《ま》ちきれず、お忍《しの》びでパリに行《い》っていることがわかったのです。

これだ！　香里《かおり》、拓哉《たくや》、亮平《りょうへい》をタイムスリップさせて、マリー・アントワネットと遭遇《そうぐう》させるには、そのときしかない！

宮殿《きゅうでん》の女性《じょせい》……お忍《しの》び……ん？　そこで浮《う》かんだのが、オードリー・ヘプバーンが「某《ぼう》国《こく》の王女《おうじょ》」を演《えん》じた映画《えいが》『ローマの休日《きゅうじつ》』！　マリー・アントワネットの『パリの休日《きゅうじつ》』にしよう！　マリー・アントワネットには悪《わる》いけど、お忍《しの》びで行《い》った先《さき》のパリでワクワクしてもらいながらも、ドキドキも、ハラハラも体験《たいけん》してもらおう！

今回《こんかい》も、世界史《せかいし》の知識《ちしき》がなくても楽《たの》しめるように、登場人物《とうじょうじんぶつ》の年表《ねんぴょう》、世界史《せかいし》の豆知識《まめちしき》、これまでのようにクイズも満載《まんさい》です！

香里《かおり》、拓哉《たくや》、亮平《りょうへい》の三人《にん》をどんな国《くに》、どんな時代《じだい》にタイムスリップさせたいか、どんな世界史上《せかいしじょう》の有名人《ゆうめいじん》に出《で》てきてほしいか、読者《どくしゃ》ハガキに書《か》いて送《おく》ってくださいね。じゃ。

二〇一八年《ねん》八月《がつ》

楠木誠一郎《くすのきせいいちろう》

＊著者紹介

楠木誠一郎《くすのきせいいちろう》

1960年、福岡県生まれ。「タイムスリップ探偵団」シリーズ（講談社青い鳥文庫）のほか、『西郷隆盛』（講談社火の鳥伝記文庫）など、多くの著書がある。高校生のとき邪馬台国ブームで古代史好きになる。大学卒業後に歴史雑誌の編集者となり、広い範囲の歴史をカバーするようになった。小学生の頃の得意教科は社会と図工。苦手教科は算数と理科。ズバリ、パリといえば「エッフェル塔」。

＊画家紹介

たはらひとえ

6月28日、鹿児島県生まれの千葉県育ち。カードや児童書の挿絵などを描いているイラストレーター。おもな作品に「タイムスリップ探偵団」シリーズ（講談社青い鳥文庫）、『王子とこじき』（「10歳までに読みたい世界名作23巻」学研プラス）など。小学生の頃の得意教科は体育と図工。苦手教科は音楽。そしてランドセルの色は黄色☆でした。ズバリ、パリといえば「ツール・ド・フランス」。

この作品は書き下ろしです。

講談社　青い鳥文庫

マリー・アントワネットと名探偵《めいたんてい》！
タイムスリップ探偵団《たんていだん》　眠《ねむ》らない街《まち》パリへ
楠《くすの》木《き》誠一郎《せいいちろう》

2018年９月15日　第１刷発行

（定価はカバーに表示してあります。）

発行者　渡瀬昌彦
発行所　株式会社講談社
東京都文京区音羽2-12-21　郵便番号112-8001
電話　編集（03）5395-3536
販売（03）5395-3625
業務（03）5395-3615

N.D.C.913　226p　18cm

装　丁　小松美紀子＋ベイブリッジスタジオ
久住和代
印　刷　図書印刷株式会社
製　本　図書印刷株式会社
本文データ制作　講談社デジタル製作

ISBN978-4-06-513220-3

青《あお》い鳥文庫《とりぶんこ》には、フランスが舞台《ぶたい》の楽《たの》しい物語《ものがたり》がいっぱい！

『レ・ミゼラブル —ああ無情《むじょう》—』

ビクトル・ユーゴー／作

たった一切《ひとき》れのパンを盗《ぬす》んだために 19 年間《ねんかん》も牢獄《ろうごく》に入《い》れられたジャン・バルジャン。つらい運命《うんめい》を背負《せお》う彼《かれ》が、寒《さむ》さにふるえる薄幸《はっこう》の少女《しょうじょ》コゼットに出会《であ》ったのは、**パリ**郊外《こうがい》の真冬《まふゆ》の森《もり》の中《なか》でした。

『三銃士《さんじゅうし》』

A・デュマ／作

「一人《ひとり》はみんなのために、みんなは一人《ひとり》のために！」熱《あつ》い心《こころ》をもつ青年《せいねん》ダルタニャンの故郷《こきょう》は、フランス南西部《なんせいぶ》**タルブ**。そこから一人《ひとり》で馬《うま》に乗《の》り、花《はな》の都《みやこ》**パリ**で 3 人《にん》の勇敢《ゆうかん》な銃士《じゅうし》に出会《であ》いました。

『十五少年《しょうねん》漂流記《ひょうりゅうき》』

ジュール・ベルヌ／作

無人島《むじんとう》に漂着《ひょうちゃく》した少年《しょうねん》たちは、どうやって生《い》きのびたのか？　ほかにも、謎《なぞ》の男《おとこ》ネモ艦長《かんちょう》が登場《とうじょう》する『海底《かいてい》2 万《まん》マイル』など、数多《かずおお》くの冒険小説《ぼうけんしょうせつ》を書《か》いたベルヌは、フランス西部《せいぶ》**ナント**の出身《しゅっしん》。

『ファーブルの昆虫記《こんちゅうき》』

アンリ・ファーブル／作

温暖《おんだん》な気候《きこう》のフランス南東部《なんとうぶ》**プロヴァンス**地方《ちほう》で長《なが》く暮《く》らしたファーブル。昆虫《こんちゅう》への深《ふか》い愛情《あいじょう》で書《か》かれた『昆虫記《こんちゅうき》』は、ただの観察記録《かんさつきろく》にとどまらず、文学作品《ぶんがくさくひん》として、いまも世界中《せかいじゅう》で読《よ》まれています。

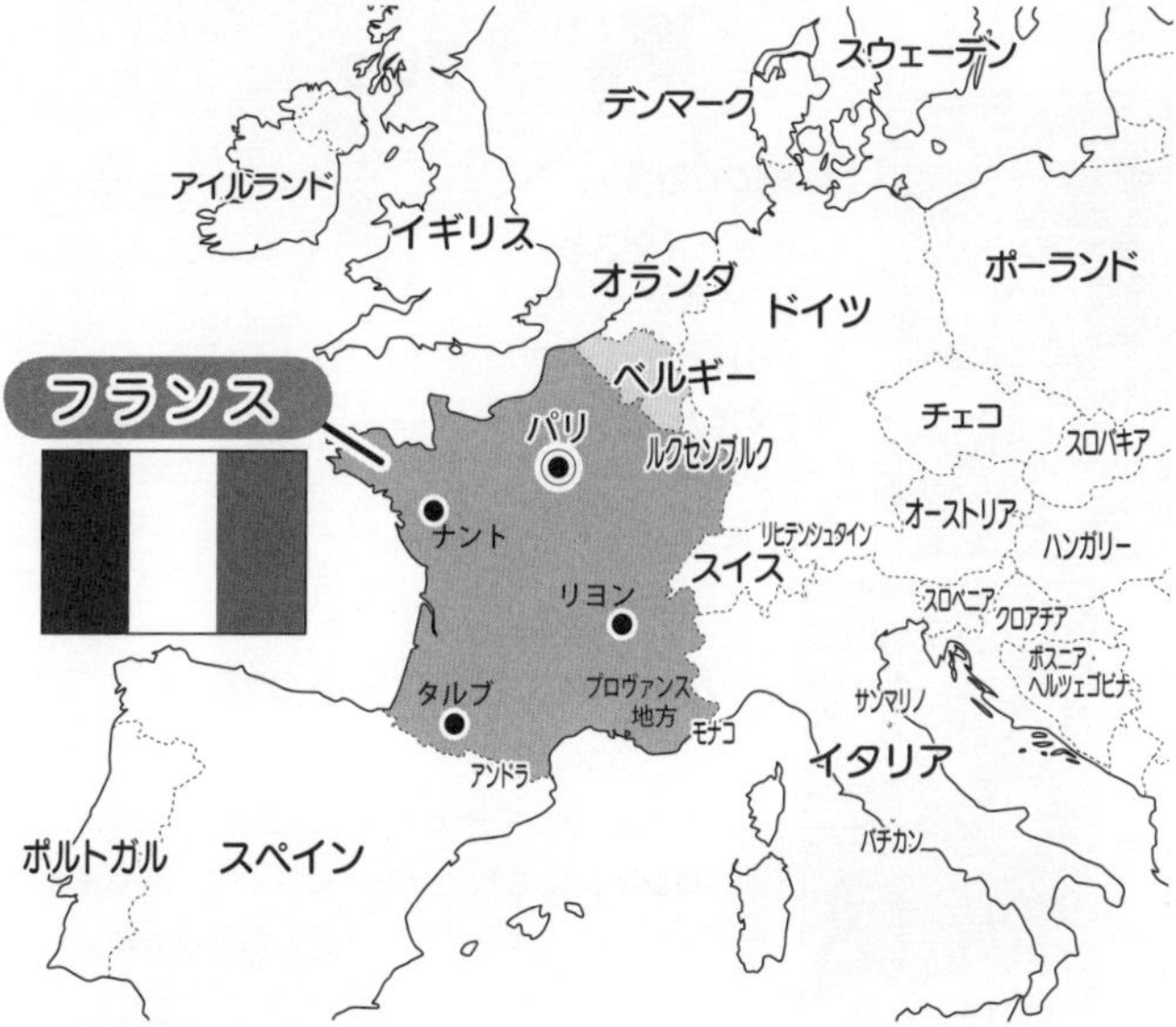

『星《ほし》の王子《おうじ》さま』

サン＝テグジュペリ／作

リヨン出身《しゅっしん》のサン＝テグジュペリは、大人《おとな》になって飛行士《ひこうし》になりました。その経験《けいけん》をもとに書《か》かれたのが『星《ほし》の王子《おうじ》さま』です。この、小《ちい》さな星《ほし》からやってきた不思議《ふしぎ》な少年《しょうねん》の物語《ものがたり》を出版《しゅっぱん》した翌《よく》年《とし》、飛行機《ひこうき》に乗《の》ったまま行方不明《ゆくえふめい》になりました。

『青《あお》い鳥《とり》』

メーテルリンク／作

フランスの隣《となり》の国《くに》、**ベルギー**に生《う》まれたメーテルリンクは、大学《だいがく》を出《で》ると**パリ**で詩人仲間《しじんなかま》たちと文学活動《ぶんがくかつどう》にはげみました。この作品《さくひん》により、「青《あお》い鳥《とり》」は「幸福《こうふく》」を象徴《しょうちょう》する言葉《ことば》となりました。

青《あお》い鳥文庫《とりぶんこ》には、イギリスが舞台《ぶたい》の楽《たの》しい物語《ものがたり》がいっぱい！

『秘密《ひみつ》の花園《はなぞの》』（全《ぜん》３巻《かん》）

バーネット／作

ひとりぼっちのメアリがあずけられたお屋敷《やしき》は、**ヨークシャー州《しゅう》**にありました。同《おな》じくヒースの生《お》い茂《しげ》る荒野《ムーア》が舞台《ぶたい》になった有名《ゆうめい》な小説《しょうせつ》に、『嵐《あらし》が丘《おか》』（エミリー・ブロンテ／作）が。

『リトル プリンセス －小公女《しょうこうじょ》―』

バーネット／作

インドからやってきたセーラがあずけられたのは、**ロンドン**にあるミンチン女子学院《じょしがくいん》。屋根裏部《やねうらべ》屋《や》からセーラが見《み》た、ロンドンの風景《ふうけい》が素敵《すてき》！

『クリスマス キャロル』

ディケンズ／作

ロンドンの下町《したまち》に住《す》む高利《こうり》貸《が》しのスクルージが、霊《れい》と過《す》ごした三晩《ばん》の物語《ものがたり》。ロンドンのクリスマスの雰囲気《ふんいき》がつたわります。

『ピーター・パンとウェンディ』

Ｊ・Ｍ・バリ／作

ケンジントン公園《こうえん》で乳母車《うばぐるま》から落《お》ちて迷子《まいご》になり、永遠《えいえん》に少年《しょうねん》のままになってしまったピーター・パンの冒険物語《ぼうけんものがたり》。**ロンドン**のケンジントン公園《こうえん》には、その有名《ゆうめい》な銅像《どうぞう》があります。

イギリス

※正式《せいしき》な国名《こくめい》は、「グレートブリテン及《およ》び北《きた》アイルランド連合王国《れんごうおうこく》」です。

『ふしぎの国《くに》のアリス』

ルイス＝キャロル／作

オックスフォード大学《だいがく》の数学《すうがく》の教授《きょうじゅ》だったキャロルが、テムズ川《がわ》に浮《う》かべた小舟《こぶね》の上《うえ》で、主人公《しゅじんこう》アリスのモデル、アリス・リデルたちに話《はな》してあげたお話《はなし》がもとに。実在《じつざい》した人物《じんぶつ》や言葉遊《ことばあそ》びがつまった物語《ものがたり》。

「名探偵《めいたんてい》ホームズ」シリーズ（全《ぜん》16巻《かん》）

コナン・ドイル／作

ホームズが下宿《げしゅく》していたのが、**ロンドン**のベーカー街《がい》２２１Ｂ《ビー》。２２１Ｂ《ビー》は、当時《とうじ》なかった地番《ちばん》ですが、いまはそのほど近《ちか》く、ベーカー街《がい》２３９にシャーロック・ホームズ博物館《はくぶつかん》があります。

『オズの魔法使《まほうつか》い
—ドロシーとトトの大冒険《だいぼうけん》—』

L・F・バーム／作

カンザス名物《めいぶつ》の竜巻《たつまき》に飛《と》ばされた、ドロシーと愛犬《あいけん》トトの大冒険《だいぼうけん》！　脳《のう》みそがほしいカカシ、心臓《ハート》がほしいブリキの木《き》こり、勇気《ゆうき》がほしいライオンといっしょに、めざせ、エメラルドの都《みやこ》！

『トム・ソーヤーの冒険《ぼうけん》』

マーク・トウェーン／作

世界《せかい》でいちばん有名《ゆうめい》ないたずらっ子《こ》トムの冒険《ぼうけん》の舞台《ぶたい》は、**ミズーリ州《しゅう》**。作者《さくしゃ》やその友《とも》だちが、ほんとうに体験《たいけん》したことばかりというお話《はなし》に、びっくり！

『若草物語《わかくさものがたり》』（全《ぜん》４巻《かん》）

オルコット／作

なかよし四姉妹《しまい》の愛《あい》と涙《なみだ》と笑《わら》いがいっぱいの物語《ものがたり》。作者《さくしゃ》オルコットがモデルのジョーをはじめ、姉妹《しまい》が住《す》んでいた家《いえ》は、**マサチューセッツ州《しゅう》**コンコードにあります！

『あしながおじさん
—世界《せかい》でいちばん楽《たの》しい手紙《てがみ》—』

J・ウェブスター／作

孤児院育《こじいんそだ》ちのジュディは、お金持《かねも》ちの評議員《ひょうぎいん》、あしながおじさんにみとめられ、大学《だいがく》に通《かよ》えることに。ジュディが通《かよ》った大学《だいがく》のモデルになったのは、ウェブスター自身《じしん》も通《かよ》った、**ニューヨーク州《しゅう》**にあるヴァッサー大学《だいがく》。また、ウェブスターは、マーク・トウェーンの姪《めい》のむすめにあたります。

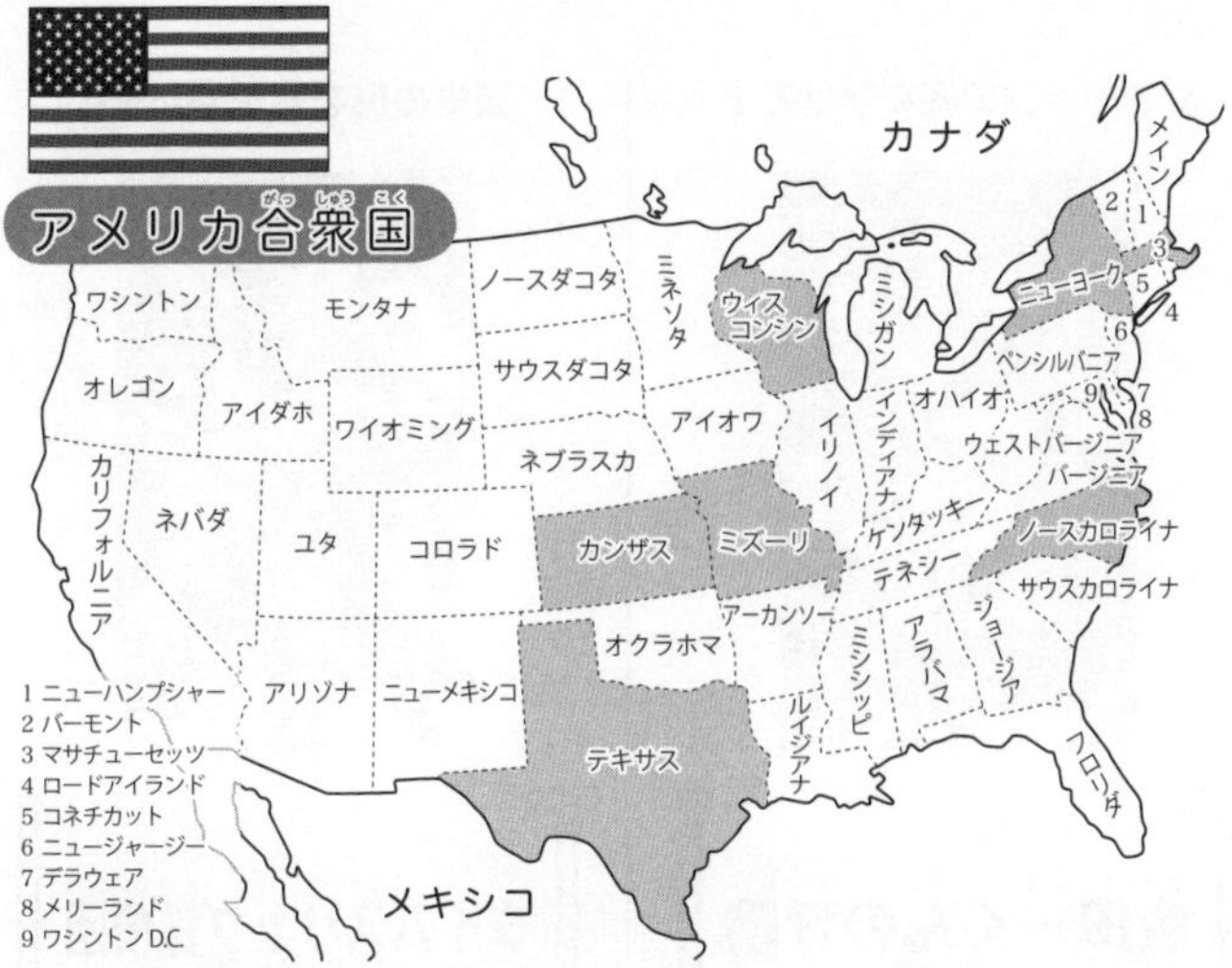

『大《おお》きな森《もり》の小《ち い》さな家《いえ》
―大草原《だいそうげん》の小《ちい》さな家《いえ》シリーズ―』

ローラ・インガルス・ワイルダー／作

ワイルダー一家《いっか》は、西部開拓時代《せいぶかいたくじだい》に、ほんとうにいた家族《かぞく》。家《いえ》も、食《た》べものも自分《じぶん》たちで作《つく》る暮《く》らしは、テレビドラマにもなり、大人気《だいにんき》に。作者《さくしゃ》であり、主人公《しゅじんこう》のローラが生《う》まれた**ウィスコンシン州《しゅう》**には、レプリカの丸太小屋《まるたごや》も作《つく》られています。

『賢者《けんじゃ》の贈《おく》り物《もの》』

O・ヘンリー／作

『最後《さいご》の一葉《ひとは》』など、有名《ゆうめい》な短編《たんぺん》をたくさん書《か》いたO・ヘンリー。**ノースカロライナ州《しゅう》**で生《う》まれ、各地《かくち》を転々《てんてん》としましたが、おもな作品《さくひん》は、**ニューヨーク**時代《じだい》に発表《はっぴょう》されました。現在《げんざい》、**テキサス州《しゅう》**オースチンに、O・ヘンリーが住《す》んでいた家《いえ》を使《つか》った博物館《はくぶつかん》、オー・ヘンリーハウスがあります。

大人気シリーズ!!

ジッチャンの名にかけて！

『金田一《きんだいち》くんの冒険《ぼうけん》シリーズ』

天樹征丸《あまぎせいまる》／作　さとうふみや／絵

ストーリー

ふだんはいたずら好きでおバカなことばかりしている金田一 一。だけど、いざ事件がおきるとどんなにむずかしいトリックも、名探偵といわれたおじいさんゆずりの推理力で解決へと導いていく！

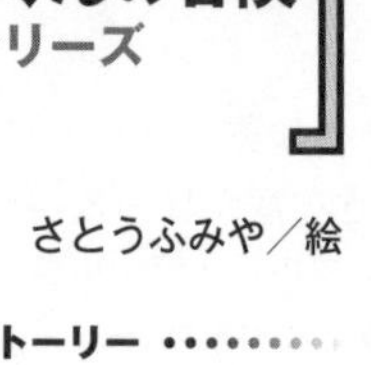

主人公
金田一《きんだいち》 一《はじめ》

歴史の謎を解き明かせ!

『タイムスリップ探偵団《たんていだん》シリーズ』

楠木誠一郎《くすのきせいいちろう》／作　たはらひとえ／絵

ストーリー

香里・拓哉・亮平は幼なじみの同級生。小6の夏、3人はなぜかタイムスリップしてしまった！　それからというもの過去へタイムスリップしては歴史上の人物に出会い、謎を解くことに──。

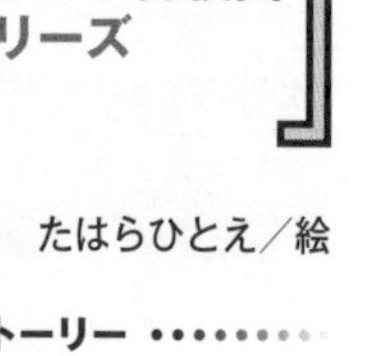

主人公
遠山香里《とおやまかおり》

大人気シリーズ!!

リアルななやみを全力解決！

『生活向上《せいかつこうじょう》委《い》員会《いんかい》！ シリーズ』

伊藤《いとう》クミコ／作　桜倉《さくら》メグ／絵

ストーリー

クラスの女王さまににらまれて「ぼっち」生活をおくっていた小6の美琴が、なぜかおなやみ相談の生活向上委員会に!? クラス内の階級問題、片思いなど、あるある！ ななやみに、共感度200%！

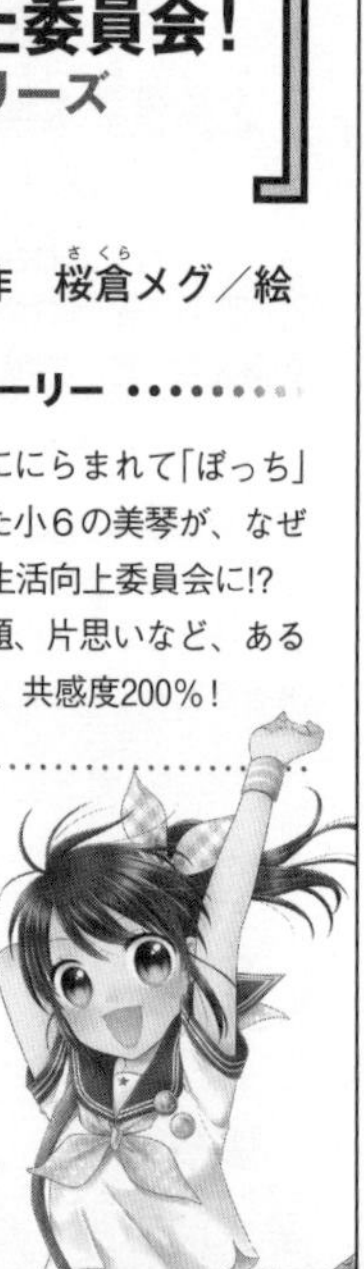
「ぼっち」の
わたしが
相談係!?

主人公
結城《ゆうき》美琴《みこと》

演劇エンターテインメント！

『劇部《げきぶ》ですから！ シリーズ』

池田《いけだ》美代子《みよこ》／作　柚希《ゆずき》きひろ／絵

ストーリー

はじめて観た舞台にあこがれて、演劇部に入部した中1のミラミラ。しかし、そこにいたのはやる気のない先輩たちばかり!? はたしてミラミラの情熱で舞台を成功させることはできるのか！

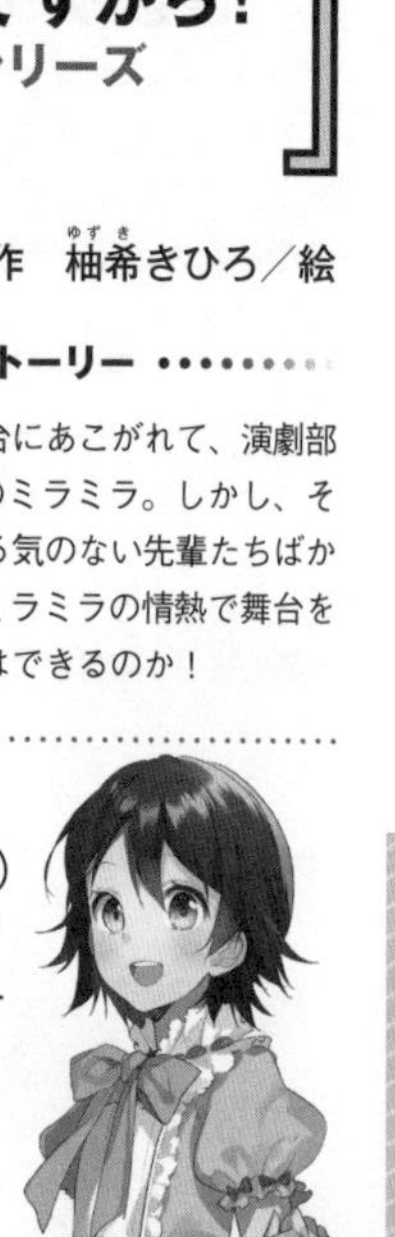
舞台女優を
めざして
がんばるよ！

主人公
鑑《かがみ》 未来《みらい》

青い鳥文庫

ドタバタ＆胸キュン物語！

『作家《さっか》になりたい！ シリーズ』

小林深雪《こばやしみゆき》／作　牧村久実《まきむらくみ》／絵

ストーリー

現役中学生作家をめざしている未央。ある日、学校で恋の妄想ポエムを書きとめたノートをクラスメイトに読まれちゃって、とんだ騒動に!?　作家になるためのヒントもいっぱいです！

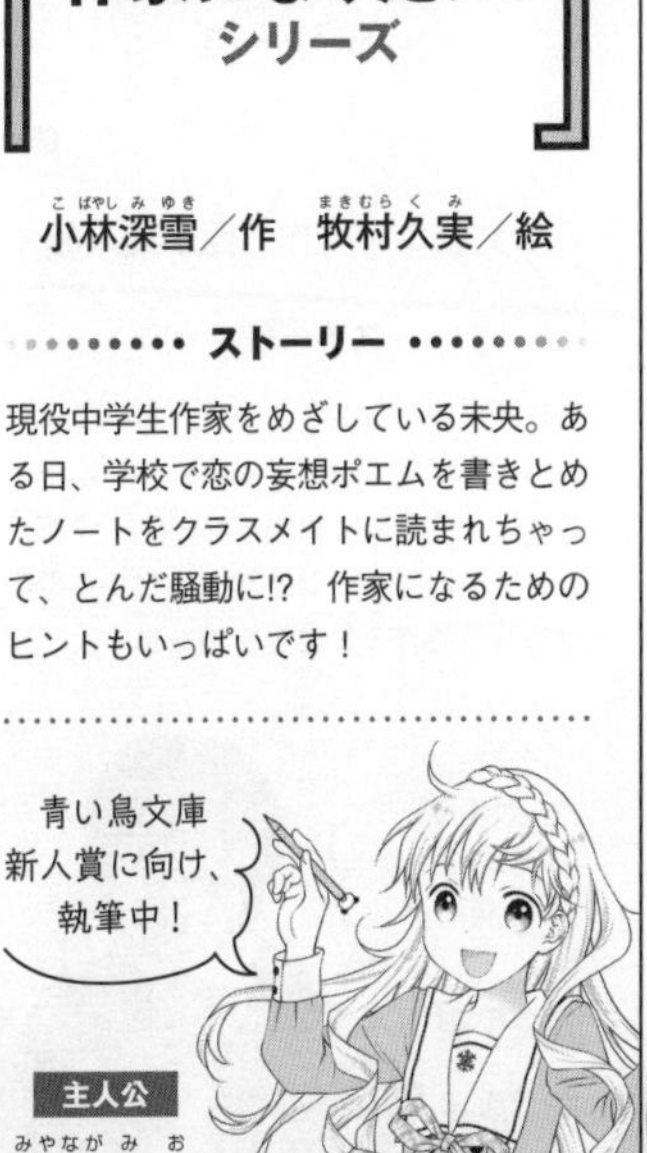

ハマる人続出の大ヒット作！

『黒魔女《くろまじょ》さんが通《とお》る!! ＆ 6年1組《ねんくみ》 黒魔女《くろまじょ》さんが通《とお》る!! シリーズ』

石崎洋司《いしざきひろし》／作　藤田《ふじた》 香《かおり》／絵

ストーリー

魔界から来たギュービッドのもとで黒魔女修行中のチョコ。「のんびりまったり」が大好きなのに、家ではギュービッドのしごき、学校では超・個性的なクラスメイトの相手、と苦労が絶えない毎日！

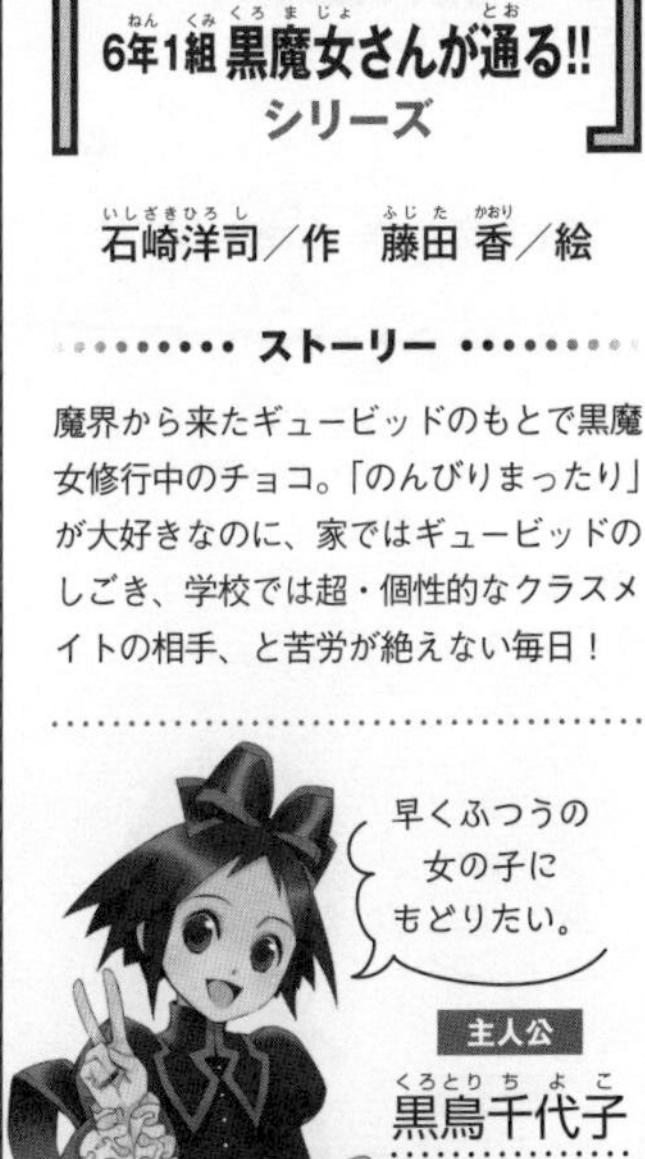

大人気シリーズ!!

珠梨と王子たちのドキドキ物語！

『龍神王子《ドラゴン・プリンス》！ シリーズ』

宮下恵茉《みやしたえま》／作　kaya8《カヤハチ》／絵

ストーリー

家は、インチキ占いハウス。フツーの毎日を送りたくて、知り合いのいない私立中学に入学した珠梨。それなのに、ある日突然、龍王をめざす４人のイケメン王子たちがあらわれて──！

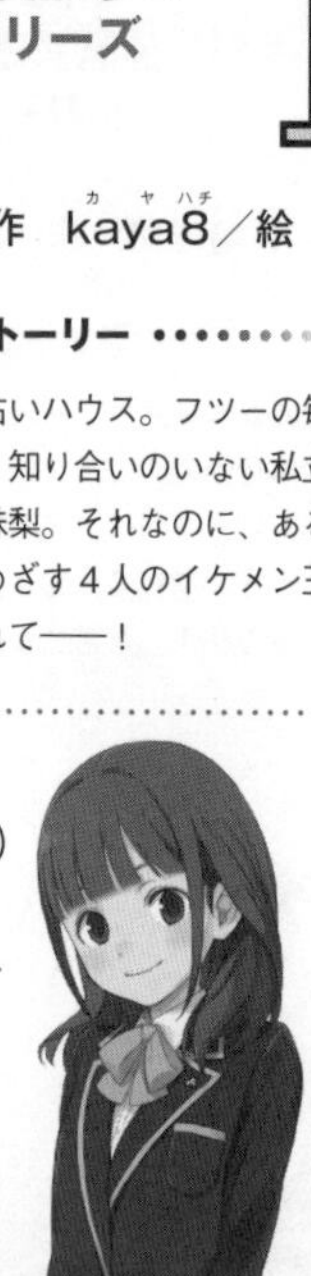

わたしが「玉呼びの巫女《みこ》」!?

主人公
宝田珠梨《たからだじゅり》

がんばるおっこをユーレイも応援!?

『若《わか》おかみは小学生《しょうがくせい》！ シリーズ』

令丈《れいじょう》ヒロ子《こ》／作　亜沙美《あさみ》／絵

ストーリー

事故で両親をなくした小６のおっこは、祖母の経営する旅館「春の屋」で暮らすことに。そこに住みつくユーレイ少年・ウリ坊に出会い、ひょんなことから春の屋の「若おかみ」修業を始めます。

どんなお客様も笑顔に！

主人公
関《せき》 織子《おりこ》
（おっこ）

青い鳥文庫

ハイスペックな仲間で事件を解決！

『探偵《たんてい》チームKZ《カッズ》事件《じけん》ノート
シリーズ』

藤本《ふじもと》ひとみ／原作　住滝《すみたき》 良《りょう》／文
駒形《こまがた》／絵

ストーリー

塾や学校で出会った超個性的な男の子たちと探偵チームKZを結成している彩。みんなの能力を合わせて、むずかしい事件を解決していきます。一冊読みきりでどこから読んでもおもしろい！

主人公
立花《たちばな》 彩《あや》

もうひとつの「事件ノート」！

『妖精《ようせい》チームG《ジェニ》事件《じけん》ノート
シリーズ』

藤本《ふじもと》ひとみ／原作　住滝《すみたき》 良《りょう》／文
清瀬赤目《きよせあかめ》／絵

ストーリー

奈子は進学塾の特別クラスで、３人の天才少年たちと出会い、最強の探偵チーム「妖精チームＧ」を作る。「探偵チームKZ事件ノート」の彩の妹、超天然系・奈子が主人公の、もうひとつの物語。

主人公
立花《たちばな》奈《な》子《こ》

「講談社《こうだんしゃ》 青《あお》い鳥文庫《とりぶんこ》」刊行《かんこう》のことば

太陽《たいよう》と水《みず》と土《つち》のめぐみをうけて、葉《は》をしげらせ、花《はな》をさかせ、実《み》をむすんでいる森《もり》。小《こ》鳥《とり》や、けものや、こん虫《ちゅう》たちが、春《はる》・夏《なつ》・秋《あき》・冬《ふゆ》の生活《せいかつ》のリズムに合《あ》わせてくらしている森《もり》。森《もり》には、かぎりない自然《しぜん》の力《ちから》と、いのちのかがやきがあります。

本《ほん》の世界《せかい》も森《もり》と同《おな》じです。そこには、人間《にんげん》の理想《りそう》や知恵《ちえ》、夢《ゆめ》や楽《たの》しさがいっぱいつまっています。

本《ほん》の森《もり》をおとずれると、チルチルとミチルが「青《あお》い鳥《とり》」を追《お》い求《もと》めた旅《たび》で、さまざまな体験《たいけん》を得《え》たように、みなさんも思《おも》いがけないすばらしい世界《せかい》にめぐりあえて、心《こころ》をゆたかにするにちがいありません。

「講談社《こうだんしゃ》 青《あお》い鳥文庫《とりぶんこ》」は、七十年《ねん》の歴史《れきし》を持《も》つ講談社《こうだんしゃ》が、一人《ひとり》でも多《おお》くの人《ひと》のために、すぐれた作品《さくひん》をよりすぐり、安《やす》い定価《ていか》でおおくりする本《ほん》の森《もり》です。その一さつ一さつが、みなさんにとって、青《あお》い鳥《とり》であることをいのって出版《しゅっぱん》していきます。この森《もり》が美《うつく》しいみどりの葉《は》をしげらせ、あざやかな花《はな》を開《ひら》き、明日《あす》をになうみなさんの心《こころ》のふるさととして、大《おお》きく育《そだ》つよう、応援《おうえん》を願《ねが》っています。

昭和《しょうわ》五十五年《ねん》十一月《がつ》

講談社